書下ろし

修羅(しゅら)の如(ごと)く

斬り捨て御免③

工藤堅太郎

祥伝社文庫

目次

【登場人物紹介】

結城龍三郎（北町奉行所隠密廻り同心）
お藤（元辰巳芸者・龍三郎の女房）
韋駄天の伊之助（元掏摸・情報屋・廻り髪結い）
地獄耳の弥吉（岡っ引き）
榊原主計頭忠之（北町奉行）
早苗（忠之の内儀）
轟大介（定町廻り同心）
万吉（轟の手下・岡っ引き）
作蔵（奉行所中間）
日啓僧正（感応寺の住職）
覚禅（感応寺の修験僧）

お美代の方（将軍家斉の側室）
雲井の方（大奥御中﨟）
永井尚佐（幕府若年寄）
水野忠成（幕府老中）
多田光右衛門利貞（御庭番黒鍬衆組頭）
野沢節之丞（御庭番黒鍬衆）

序章

娘が消えた――もう十日にもなろうか。

江戸川橋を渡ると、北へまっすぐに道が伸び、その両側は音羽の町場になっている。突き当たりは護国寺の表門に行き当たり、参詣道となっている。

音羽町三丁目の四つ筋の角の小さな祠の前にぬかずいて、齢四十を幾らか超えたか、紺色の股引に同じ色の半纏を羽織った職人風の男が一人、一心不乱に手を合わせ、小声でブツブツと祈りの言葉を唱え続けている。

そうやってもう半刻（一時間）も経つだろうか――。日も暮れなずみ、頬を撫でる冷たい風も強くなっている。それも感じぬように、懸命に手を合わせている。

「神様、ウチのお光をどうぞ戻してくだせえ。嬶ぁのおふさも弟の源太も心配で眠れやしません。神様、どうぞ……」

この男、近くの甚兵衛長屋に住まう、大工の巳之吉という。生真面目な仕事一本の、家族を思う気持ちは誰よりも強い、心優しい男だ。

それが、つい十日前、娘のお光が、目白のお寺様へお参りに行く、と云って家を出たまま戻って来ないのだ。消息がぷっつりと途絶えてしまった。

まるで、神隠しに遭ったか、人攫いに遭ったか、煙のように消えてしまったのだった。

数えで十六歳。父親の自分に似た黒目勝ちのドングリを思わす丸い大きな瞳の、そして、笑うと白く小さな八重歯が覗く母親似の愛らしい娘だった。

お光が生まれてから巳之吉は、眼に入れても痛くないという可愛がりようで、長屋のみんなに、よく冷やかされたものだ。

『巳之吉っつぁん、そんなに可愛がったって、いずれはどこかに嫁に行っちまうんだぜ。どこの馬の骨かわからねえような男だったらどうするよ？』

すると巳之吉は、血相変えて本気で怒り出すのだ。

『悪い男なんて近寄らせねえ。お光はずっとうちにいてもいいんだ』

十二軒長屋の住人の誰もが認める可愛がりようだった。

五つ、六つの頃までは、毎日、雨の日も雪の日も、長屋の入り口で父親の帰りを待ち、姿を見付けるや否や、

『ちゃんッ、お帰り！』

と飛び付いて来る。

巳之吉も大工道具箱を放り出して抱き抱えて、

『お光、待ったかい？　今日はチョッと遅くなっちまったなぁ、御免よ』

と、おふさと源太の待つ障子戸を開けるのだ。

抱き抱えたあの頃のお光の躰のぬくもりと重さが、今も掌に残っている。

『ちゃん、疲れたろう？　肩を叩いてあげようねぇ』

と背中に回って紅葉のような手を拳に握って、トントントントンと、もういいよ、と云うまで叩いてくれた。その間、今日あった出来事を、幼い口調で小鳥のように休みなく喋り続け教えてくれる。それを、うんうん、と嬉しそうに頷きながら聞くのが、巳之吉の至福の時であった。

「神様、あっしの命なんざ、どうでもいい。お光さえ返してくださりゃあ、あっしの命を捧げます。どうか、どうか……」

あの帰らなかった晩、一睡も出来なかった。次の日、仕事も休み、朝早くから狂ったように駆け回り、娘の行方を手を尽くして探し続けた。家から目白の感応寺までの途中に在る、お光が欲しそうに立ち寄って見入る簪を売っていた小間物屋、野菜を売る辻売り、好きだったみたらし団子を売る茶店、感応寺の門番、通りすがりの参詣人、あらゆる場所を、知り得る人々みんなに行方を問うて歩いた。

だが、その姿はぷっつりと消え、杳として行方知れずとなったのだ。

確かに団子が評判の甘味処に寄っており、寺の門番もお光らしき娘が訪れ、暫くして帰って行ったのを覚えていたのに――。

日が暮れて、軒行灯に灯がともる頃、師走（十二月）を迎えた江戸の町を吹き荒れる木枯らしの風は身を切るように寒い。

巳之吉は、今日もがっくりと項垂れて立ち上がり、火の消えたようなお光の居ないわが家へ、足を引き摺って帰って行く。


このところ、何人か続いてうら若き女子が、江戸の町から掻き消されたように姿が見えなくなった。師走に入ってからここ一か月経つか経たないうちに、立て続けに五人の女性が、神隠しに遭ったが如く、消息を絶っていた。
十六、七歳から二十歳くらいまでの見目麗しいと評判の女性ばかりだった。口さがない江戸庶民は、居酒屋で、店先で、湯屋で、声を潜めて噂し合った。
瓦版屋がまた、面白可笑しく騒ぎ立て始める。

「さぁさぁ、皆の衆、聞いておくれ、読んでおくれェ〜。今年も押し詰まったこの時期に、人攫いだよ。神隠しだよォ〜！　うら若き世にも美しい隣のお姉さんが攫われちまうッ、怖いねぇ、恐ろしいねぇ！　お隣のお尚ちゃんは大丈夫かい？　そのお向かいのお小夜ちゃんは？　ああ、見目麗しくないから心配ないって？　成程、そりゃそうだ、大丈夫だよ。けど、心配だねぇ。夜もおちおち寝てられないねぇ。あっ、夜、表を出歩かなきゃ大丈夫だ。おとといの深川八幡裏ではお糸ちゃん、四日前は神田鍛冶町の小間物屋の看板娘、お里ちゃん。いずれも、立てば芍薬、座れば牡丹、歩く姿は百合の花、ってね。それが、ある日忽然と行き方知れずになっちまった。鬼か、天狗か、はたまた狐の仕業か？　お姉さんだって危ないよォ。いいかい、攫われた場所と、注意しなきゃならないことは此処に事細かく書いてある。さぁ、四文だよ、たったの四文でぜ〜んぶ分かっちゃうよォ、さぁ、買っておくれ、読んでおくれェ〜」

　瓦版屋の口上は、けたたましく興味津々と町衆の好奇心を掻き立てるから、読売は飛ぶように売れて行く――。

　日本橋木挽町の居酒屋〈樽平〉でも、一枚の瓦版を握って飛び込んで来た伊之助が、北町奉行所隠密廻り同心結城龍三郎と岡っ引き弥吉を前に、噂の瓦版を広げて、唾を飛ばして捲し立てていた。

「旦那、こりゃえれぇこってすぜ。町中から綺麗な女子が消えちまった。見栄えのいい女人だけ狙っての人攫いだってぇのが気になりやすねぇ」

「うむ。今月に入って五人も続けざまにってぇのが気に入らねえな。弥吉、オメエの聞き込みじゃどんな具合だ？」

「へえ、誰一人その攫われた現場を見た者が居ねえんで、取り付く島がありやせん。どんな野郎が、どんな手を使って……まるっきり分からねぇんでさぁ」

亭主の樽平が首を突っ込んで来た。遠慮無しに、銚子の酒を手酌で自分の猪口に注ぎながら、

「あっしが思うにゃぁ、どっか上方辺りまで連れてって、女郎屋に売っ払っちまうとか……」

「うむ。無きにしも非ずだな。弥吉、その攫われた娘の親とか、関わりのある連中は居ねぇのか？　会って話は聞けなかったのか」

「へえ、おりやすんで。そりゃ大した嘆きようで、全く心当たりがねえと云ってやしたねぇ。一人、音羽町の大工巳之吉の娘のお光ってぇ女子が、目白の感応寺

って寺へお参りに行くと云って出て行ったきり戻って来ねえと……もう十日も経つらしいんですがね。毎日近くの祠に神頼りでお祈りしてるそうで、訊いてるこっちも、もらい泣きしそうで……」

「よし、明日から、その娘さんの行方を追ってみようか。まだ俺にゃあ子はいねえが、親御さんらの悲しみは痛(いて)えほどわかる」

「へいッ、承知しやした。十手(じって)を使ってもよござんすね」

「当ったり前だ。大っぴらに、北町の御用だと云ってな。伊之、オメエも一緒に聞き込みを頼むぜ」

「へえッ、わっかりやした」

「わだすも気を付けねば……夜遅くは出歩かねえッ」

まだ会津訛りの抜けないお千代(ちよ)が、力を籠めて云った。

「あぁ、お千代ちゃんなら、いつどこを歩いても大丈夫だ。心配は要らねえ」

伊之助がしっかと頷きながら云った。

「ええ？　それはどういうこど？　わだすは攫われないっちゅうこど？」

「ちんちくりんは攫われてねえんだ」

「そんなことぁねえぞ、お千代ちゃん。お千代ちゃんだって攫われちまうぞ」

「弥吉親分は優すぃねぇ！　わだすまで慰めてくれてぇ……」

顔を斜めに横目で色っぽく睨むお千の頬は、りんごのように真っ赤だった。

その時、隣の居酒屋の亭主安蔵が、暖簾を撥ね上げて蒼白な顔を覗かせた。

「樽平爺っつぁん、ウチのおしずの姿が見えねえッ。日暮れ前にゃあ確かに居たんだが、もうふた刻（四時間）も……」

「何をッ！　安さんとこのおしずちゃんが？　あんな可愛い娘が……いや、まだ攫われたと決まったもんでもねえッ。もうチョイ待ってみようじゃねえか」

「ああ、ウチの店なんぞ手伝わせるんじゃなかったァ」

安蔵は声震わせて頭を抱え、しゃがみ込んだ。樽平が慰めるように、安蔵の肩を抱えて三人を見上げた。

龍三郎、弥吉、伊之助の三人は暗然と顔を見合わせた。

三人の胸の裡には、年頃の綺麗な女子を攫う悪党の正体を探索せねば……との同じ決意が秘められていた。

（江戸の町衆に、いい正月を迎えさせてやりてえ……周りのみんなを泣かすこんな悪辣非道な真似は許せねえ！　暴いてやるぞ！）

龍三郎の胸に憤怒の思いが火のように燃え上がった……。

第一章　神隠し

一

浅草寺境内の露店には、羽子板や注連縄が捨て値で売られ、棒手振りが野菜をいっぱい載せた天秤棒を担ぎ、商人が風呂敷包みを重そうに肩に背負って行き交っている。煤払いの竹箒売りの声が響き、大八車に早くも門松の竹と松の木を載せて、町民たちは新しい年を迎える準備に大わらわだ。

今年もあと七日で暮れようとする師走――。せわしない年の暮れだ。

江戸の町はいつも風が強く、土埃が空を舞っている。

そんな木枯らしが吹きすさぶ境内を、三人の主従が歩いていた。

片腕は無いが懐手で着流しの左袂と裾をはためかせ、寸を詰めた二尺一寸

（約六十三センチ）と一尺八寸（約五十四センチ）の愛刀〈胴田貫〉大小二刀を落とし差しに手挟んだ、北町奉行所隠密廻り同心結城龍三郎。

その前を露払いの如く、配下の岡っ引き、地獄耳の弥吉が油断のない眼で回りを窺いつつ歩いている。

後ろには、普段は廻り髪結い、今は情報屋の元掏摸、韋駄天の異名を頂く伊之助が、こっちは太平楽に辺りをきょろきょろしながら続いている。

結城龍三郎——元々は、旗本小十人組三百石、結城兵庫之輔の三男坊であった。

長男哲之進が家督を継ぎ、次男敬次郎は、書院番頭五百石、林喜左衛門の娘との養子縁組相整い、結城家を出て林の家督を継いだ。

三男坊の龍三郎は部屋住みの冷や飯喰いの役立たずと、二人の兄や親戚筋からは白い眼で見られたが、我関せずと、博奕場に顔を出して小遣いを稼ぎ、ツケで酒を呑み、岡場所へ出入りして、文字通り飲む打つ買うの放蕩無頼の暮らしを平然としていた。

ただ、幼少から父の薫陶を得た剣術だけは、毎朝自宅の裏庭で峻烈な一人稽古を繰り返し、神道無念流〈練兵館〉、斎藤弥九郎道場に入門してからは、見る間に頭角を現わし、麒麟児と噂され、剣の天稟の才を周囲の誰もが認める剣の遣い手になっていた。

三年前の春まだ浅き日、呑みに行こうと堀端を歩いている時、偶然にも、北町奉行榊原主計頭忠之の乗る駕籠が五人の刺客に襲撃される場に遭遇した。これを見る間に賊全員を手練の早業で叩き斬って、奉行の命を救ったのだ。
人の命を奪ったのは、これが初めての経験であったが、日本刀の斬れ味の凄まじさに慄然としたのを、昨日のことのように覚えている。

これに恩義を感じ、その剣の腕に惚れ込んだ榊原忠之が、己の直属の隠密廻り同心として雇い入れた。

尚且つ、〈斬り捨て御免状〉の鑑札を頂き、三十俵二人扶持の同心の給金の他に奉行の懐から毎月二十両の手当も頂き、毎日の出仕に及ばず、単独の捜査を任され、文字通り、懐刀として日々お勤めしている。

悪人共は己の判断で斬り捨てても構わずとのお墨付きを頂き、八丁堀同心組屋敷に百坪の敷地を拝領し、辰巳芸者上がりのお藤と居を構え、朋輩たちの羨望とある種の嫉妬も受けながら、今の生計には満足していた。
ところが、去年の夏、凶賊鴉権兵衛一味を殲滅し、つい、気も緩んだ浅草寺境内で、鴉組残党にお藤が拉致されそうになり、それを救おうとした瞬間に、鴉権兵衛の弟薄玄次郎に左腕の肘から先を斬り落とされてしまった。〈常在戦場〉の心構えも、女房の危機に思わず忘れた己の未熟さを恥じる龍三郎であったが、すでにその仇も討ち、今は、片腕のみの隠密同心として役目を完遂せねばならぬと、覚悟を決め、今の境遇を泰然と受け入れていた。

今日も、師走の浅草寺境内を配下二人を従えて歩いている――。

と、能天気にひょこひょこ歩いていたその伊之助がツイと龍三郎に身を寄せ、耳元に背伸びして囁いた。

「旦那、その左側を歩いている小せぇ野郎、これですぜ。あっしの目は誤魔化せやせん」

と、ニタリとして人差し指を鉤型に曲げた。

「狙いは前の奥女中でさぁ」

なるほど、その男は猫のようにしなやかな身のこなしで、前を行く奥女中風の二人に狙いを絞って尾行しているようだ。掏摸には掏摸の独特の嗅覚というやつがあって、御同業は即座に嗅ぎ分けられるのだろう。

この伊之助、三年前に巾着切りの足を洗ったが、昔取った杵柄で、その勘は錆び付いていないようだ。すると眼を付けたその男が、すいと姿を消したと思ったら、いきなり前方に現われ、その奥女中にぶつかったかどうか――。サッとすれ違った。

「やったッ。掏りやしたぜ。見事なもんだ、今のあっしじゃ敵わねぇや」

三年前に龍三郎に捕まってからは足を洗っているものの、伊之助が舌を巻く手並みだったらしい。龍三郎の目には留まらなかったが、獲物を狙う鷹の眼の伊之助には見破れたのだろう。

「あっ、次の繋ぎの女に渡しやしたぜ。ほら、あの艶っぽい女……」

すれ違った洗い髪を束ねて背中に垂らした小粋な女の袂の中に、今掏り取った奥女中の紙入れを滑り込ませたというのだ。

「あっしみてぇに一人働きじゃなく、奴らは手を組んで掏るんでさぁ。後で落ち合う場所を決めといて、アガリを山分けって寸法で」

「伊之、奴を尾けな。弥吉と俺ぁ、あの繋ぎの女だ。落ち合う場所へ案内してくれるだろう」

突如――人混みの中から絹を裂くような悲鳴が響いた。

「あ〜、わらわの紙入れが……誰ぞォ……」

顔色を蒼白に変えて、年の頃なら三十過ぎに見える、金糸銀糸の派手やかな小袖の上に紺色の羽織を羽織った奥女中が叫び立て、傍らの紫色の矢絣を着た侍女風の若い女中がおろおろと取りすがっている。

「御中臈様、雲井様、しっかりあそばされませ……」

「あれを失うては、わらわは……」

御中臈様、と呼ばれた大年増の女性は、石畳の上に腰が抜けたように崩れ落ちた。侍女が、強張った必死の表情で、誰方かぁ、と辺りに助けを求めていた。

龍三郎たちは二手に分かれた。

伊之助は、躰が、眼が、指先が覚えているのだろう、何の苦もなく男を追って人混みの中へ溶け込んだ。

一方、前方を尻を振って歩く繋ぎの女もやはり、見込んだ通りの掏摸だった。ひと目で田舎者と知れるおのぼりさんが、ぽか～んと口を開けて五重塔に見惚れているのを、ひょいといとも簡単に巾着を抜き取って歩き去って行った。

「旦那、いいんですかい。可哀そうですぜ。お江戸へ出て来た途端に、正月用の有り金を洗いざらいかっ泼われちまった。とっ捕まえやすぜ」

弥吉はいつも弱い者の味方だ。男っ振りを上げた羽織の裾を撥ね上げて、草色の房を巻いた十手を取り出し、女を追った。

龍三郎は、まだ塔を仰いでいる田舎者に近付き、声を掛けた。

「おい、兄さん、オメエさんの巾着は大丈夫かい」

「へっ？　何云うだァ、お侍ェ様ァ。財布ならこれこの通り、紐で結んで……あんれぇ？」

懐を探った手は、剃刀か何かで切られた紐をずるずると引っ張り出した。その間抜け面が見る間に泣きべそ顔に変わった。

「あんれまぁ、どうすべぇ。お父っつぁんや村の衆に頂いたお餞別をみんなかっ浚われたァ。あれほど、お江戸はおっかねぇトコだどォと云われて出て来たっちゅうのに……あ〜、どうすべぇ」

頭を抱えて座り込んでしまった。龍三郎が、田舎者の肩をぽんぽんと叩いて云った。

「安心しな。今取り返してやるよ。ついて来な」

へぇ、と半信半疑の顔をして、涙を拭いた手で背に斜めに背負った風呂敷包みの結び目をしっかりと握り、悄然とあとについて来た。
二、三間先で弥吉が、女掏摸の片腕を背中に回して固め、こっちに頷いた。

「さ、案内しな。おぅッ」

女は弥吉に肩を小突(こづ)かれ、不貞腐(ふてくさ)れた態度で歩き出した。

「ふん、カミソリのおまさと呼ばれたあたしが飛んだドジを踏んだもんだ。焼きが回ったのかねぇ」

「おいカミソリのおまささんとやら、十両盗んだら死罪と知ってるかい？　今日の稼(かせ)ぎを洗いざらい出しな」

傍らを並んで歩きながら云う龍三郎を横目で見て、

「へぇ〜、このお侍がお役人さんかえ？　人は見掛けに寄らないとはよく言ったもんだねぇ。ほ〜ら、落ち合う場所は此処(ここ)だよォ」

女は、本堂の東側の弁天堂(べんてんどう)と呼ばれる朱(しゅ)色に塗られた小さなお堂に顎(あご)をしゃくった。

「ヤイおまさ、確かに相棒は此処へ来るんだろうな。嘘吐(うそつ)きやがると……」

弥吉が十手をおまさの目の前で振ると、

「嘘なんかあたしゃ……ほ〜ら、来た来た、ホントだろ？」

云う通り、お堂の角の欄干(らんかん)を曲がって先刻の巾着切りが姿を現わした。その後ろ三間に、伊之助が張り付いている。巾着切りは、おまさと龍三郎と弥吉の三人とおのぼりさんが並んでいるのを目にして、異様な雰囲気を察したのだろう、サッと横っ飛びに逃げ出した。

間髪入れず伊之助が、韋駄天の本領発揮で駆け、腰にしがみついた。もんどり打った巾着切りは伊之助と共に重ね餅で転がった。

「でかしたッ、伊之ッ」

近付いた龍三郎が、四つん這いになって逃げようと足掻く男に、鋭い手刀を頸筋に見舞った。男はぐぅっと喉を詰まらせて悶絶した。

弥吉が巾着切りの後ろ襟を摑んで引き摺り、おまさと並べて欄干の下の柱に寄り掛からせた。おまさは観念したのか、唇嚙んでそっぽを向いている。

弥吉がおまさの袂の中や懐を探って、巾着一個と財布を四つ、摑み出した。

「何すんだよォ、この助平ッ」

おまさが嚙み付くように吠える。

「莫ッ迦野郎、テメエなんぞ誰が！　おい兄ちゃん、こいつがオメエさんの巾着かい？」

泣きべそ掻いたその顔がふぁ〜っと陽が差したように輝き、巾着を押し頂いた。

弥吉が優しい声音で云った。

「ほらよ、気ィ付けるんだぜ。お江戸はなぁ、生きてる馬の目でも抜き取られちまう、おっかねぇトコロだからなぁ」

「へえ、有難うごぜえます、有難うごぜえますだ」

何度も何度も頭を下げながら、田舎者は人混みの中へ去って行った。

「イイことをしてやったなぁ。オメエたちのお陰だ。気持ちがいいや」

「旦那、これがあの奥女中の紙入れですぜ」

「ほう、開けてみな」

──中には小判が十枚と、小さく折り畳んだ書付が一枚。伊之助から受け取った書付をパラリと拡げ、読みはじめると、龍三郎の片頬が面白そうに歪んだ。

「へぇ～、さっきのお女中は大奥の御中臈雲井の方だそうだ。目白の感応寺の、日啓って住職に宛てたもんだ。この坊主は御側室お美代の方様のご実父らしいが、この正月に、その御側室付きの御中臈雲井の方ともう一人御上臈が、護摩焚き修行と正月の墓参りで、三日間訪っても宜しいかとのお伺い書だ。覚禅とかいう僧に特別な祈禱を願いたいんだと。伊之助、オメエさっきの奥女中を探し出して、こいつを返してやりな。あれ程の慌てふためき様だ。まだ境内にいるだろうぜ」

「へぇ、では早速」

「あっ、そいからな伊之、この巾着切り二人を門前の自身番に届けてきな」

伊之助が、へい、と弥吉が後ろ手に縛り上げた二人を連れ、自身番へと向かった。

それを見送りながら、ふと龍三郎の頭に、今見た書付の感応寺の文字が浮かび上がった。

（待てよ、感応寺だと？　神隠し騒動で行方知れずになった女子が立ち寄ったって寺じゃねえか。こいつぁ……）

何か六感に引っ掛かるものを覚えたが、気を取り直し、弥吉に云った。

「おう弥吉。来年が良い年でありますようにと、観音様に手でも合わせるか」

と神妙な顔付きをして云った。

「へぇ～、あっしは、旦那は神も仏も信じてねぇのかと思ってやした」

「そんなことぁねぇよ。殊にお藤と一緒になってからはなぁ」

「そんなもんですかねぇ～」

と冷やかすように覗き込む弥吉を尻目に、本堂の石段を十段ほど上がった。神妙に片手拝みで瞑目し、お参りを済ませた。しばらく待っていると、戻って来たらしい伊之助の声が聞こえた。

「ああ、旦那、ここでやしたかい。あの巾着切りは二人共、掏った財布と一緒にちょうど出くわした番太に引き渡し、しょっぴかれて行きやしたぜ。そいからあの紙入れは確かに御中臈に返しやした。ところがね、はじめは喜んでやしたが、今度はおっかねえ顔で、その方、中を見ましたか、見ましたね、とこう来やがった。あっしもムカッと来たんで、へえ、あっしの旦那は八丁堀の旦那ですからねえ、確かなところを見とかねぇとお返し出来ねぇ、と云ったら、その方の主人の名は何と申す、とか高飛車に訊きやがるから、こっちも、結城龍三郎様というお方よって、えばって教えてやったんでさぁ、宜しかったですかい、名前を教えちまって？」

「おぅそいつは構わねぇが、何か知られたくねぇことが書かれてたのかなぁ」

龍三郎は何か腑に落ちぬものを感じ、魚の小骨が喉に引っ掛かったような思いを抱いたまま、八丁堀組屋敷への帰途に着いた。

二

道々、弥吉と伊之助に問うた。

「おぅオメエたち、気が付いたかい？　さっきの御中﨟の書付の中に、感応寺って寺の名前が出ていたろう」

弥吉が、ハッと手を打って思い出した風だ。

「あっ、あれでやすね、確か神隠しの一件で出てきた寺の名前じゃねえんですかい。あっしが聞き込んだ音羽町の大工巳之吉の娘、お光が感応寺へお参りに行くと出掛けてから、もう十日も消息を絶っちまったとか……。その可愛がりようったら、もう目に入れても痛くねえと、聞くも涙、語るも涙の愁嘆場(しゅうたんば)で……。ねぇ旦那、あっしだけ別にこの件を探っちゃいけませんかい？　何とか、巳之吉の娘を探し出してやりてぇと……」

「莫っ迦野郎！　洒落臭(しゃらくせ)ぇこと云うな。俺も手伝うよ。というよりも、俺の事件だ」

龍三郎の宙空を睨む眼付きが、また鋭くなっている。

伊之助が云った。

「旦那、どうですい、これから樽平爺っつぁんのトコへ顔出してみやせんか？　こないだは、隣の居酒屋の安蔵って親爺の娘が、消えちまったとか何とか云ってやしたよね？」

伊之助が気掛かりそうに顔を曇らせて、龍三郎を覗き込むように云った。

「うむ、そうだったな。よし、爺っつぁんの話を聞いて、策を練るか」

三人は日本橋木挽町の〈樽平〉へ足を向けた。

〈樽平〉の暖簾を潜ると、親爺が揉み手をしながら愛想よく迎えた。

「へい、いらっしゃいやし、お揃いでお珍しい！」

「おい、爺っつぁん、今夜は御用の筋で三人で話さなきゃならねえ。茶でも淹れてくれ」

「へぇい、分かりやした。ごゆっくりィ」

詰らなさそうに調理場の暖簾に入ろうとする樽平の背に、龍三郎が声を掛けた。

「爺っつぁん、隣の安蔵ンとこの、おしずちゃんて云ったっけ、その後、消息はまだ分からねえのか？」

振り返った樽平の顔がぱぁ〜と明るく輝いて、真ん前の床几に座り込み、

「よくぞ、聞いてくれやした、旦那ァ。可哀そうに、あのまんまでさぁ……。安さんは店も休んで毎日捜し歩いてまさぁ」

「ふぅ〜ん、可哀そうになぁ。安蔵は今居るかい？　居たらチョイと呼んでくんな」

「へぇい、合点承知。確かさっき……呼んで来まさぁ」

飛び出して行く樽平を見送って、弥吉と伊之助に眼を遣り、思案深げに云う。

「なぁ、俺はどうも最近の女子の消息不明事件と、感応寺が関わりがあるような気がしてならねえんだ。しかし、先刻の御中﨟の書付にあった通り、感応寺には大奥の御側室お美代の方のご実父日啓僧正が居るらしい。大晦日から正月に掛けて、護摩焚きと墓参に訪れても宜しいかとのお伺い書だった。ということは、感応寺は、大奥と関わりが深ぇという事になる。それが、今お江戸を騒がす神隠しに、どう繋がってくるんだ？　分からねえなぁ」

と、その時、樽平が、隣の居酒屋の亭主安蔵を引っ張って現われた。

二日前とは見違えるように、ゲッソリとやつれてショボくれている。

頬はこけ、目の下のクマは青黒く、不精髭には白いものが混じっていた。

「おぅ安蔵さん、呼び出して済まなかったな。その後どうだい、何の変わりもねえのか?」

「へえ、店も閉めて、毎日朝からあちこちとおしずが行きそうな場所を訪ね探しておりますが、一向に、何の手掛かりもございません。どこへ消えちまったのか……本当に神隠しなんてあるのでございましょうか?」

「なぁ安蔵さん、俺たち北町も全力でこの件を探索してるんだ。気休めを云うわけじゃねえが、何とか姿を消した娘たちを探し出すつもりだ。明日からは店も開けて、おしずちゃんの帰りを待ってな。いいかい、分かったな」

「へえ。何とか、宜しくお願い申し上げます」

安蔵は拳で鼻水を擦りながら、肩を落として、しょんぼりと帰って行った。

見送った龍三郎が、決意を秘めた眼で弥吉と伊之助を見遣って云った。

「よし、オメエたちは明朝から探索に動け。いいか、弥吉は感応寺に怪しい気配がねえかどうか、探りを入れな。あの辺りでの感応寺の評判もな。堂々と十手を見せて、北町の御用だと名乗って構わねえ。伊之、オメエは親たちに会って、娘たちが姿を消した時の様子を聞き込んで来な。何一つ聞き逃すんじゃねえぞ。よし、今日はこれでお開きだ。おぅ爺っつぁん、酒も肴も無しで済まなかったな。

「こいつで勘弁しな、ショバ代だ」

龍三郎が小粒を卓に投げ出して、三人は席を立った。

三

次の日の夜、八丁堀同心屋敷の結城龍三郎宅――。

長火鉢を間に挟んで、龍三郎とお藤が向かい合って晩酌を重ねていた。

「今年ももう暮れかぁ……時の経つのは早いもんだねぇ。おまえさまとこうして夫婦になって……思い出すねぇ、あの頃を……」

盃を手にお藤が遠い目をして、懐かしそうに云った。

「何でェお藤、ヤケにしんみりしてるじゃねえか。そうよなぁ、顔馴染みになったときゃオメエはまだ深川〈菊水〉の売れっ子の辰巳芸者だった。あの金貸しの留五郎が証文を書き換えやがって、俺の情婦になれとオメエに迫っていたっけなぁ」

「そうだよ。それをお前さまが、後ろ帯に差してた十手を引き抜いて、子分四人をあっという間に叩きのめして、あの留五郎が這いつくばって謝っていたっけねえ。それよりもあの色惚けの狒々爺ぃだよ。金を積んで、あたしを落籍せて妾にしようなんて、嫌ったらしい爺ぃだったよォ。簪をあいつの太腿に突き刺して、難を逃れたんだ」

盃を一気に呑み干して、改めて思い出したのか、形の良い唇を噛んだ。

龍三郎が銚子を傾けてお藤の盃に注ぎながら、

「ハッハッハ、オメエは気の強ぇ蔦吉姐さんだったからなぁ。だが、その後の料理茶屋〈藤よし〉は良かったなぁ。独り身の俺は酒も旨ぇ、料理も馳走に与り、助かったぜ。板前文治の腕は確かだったなぁ」

「思い出させないでおくれよ、文さんの事……お前さまとあたしの身代わりになって鴉一味に殺られちまった……」

「そうよなぁ。一本気の男気のあるいい板前だった……オメエの女将の切り盛りも見事なもんだった。それがどうでぇ、今は北町の隠密同心、俺の女房だぜ。不満はねえか？」

「何を云ってるのさぁ。こんなあたしがお前さまの女房だなんて……幸せ過ぎるよ。お前さまこそ、いつまでもあたしを傍に置いておくれよ」

「俺もこんな危ねえお務めをしてる。いつ何時、命を亡くすか分からねえ。それまでは、何かと宜しく頼むぜ」

「嫌だよォ、そんな不吉なことは言いっこ無し！　もし、お前さまが居なくなったら、あたしも生きちゃいないよ。一緒に死ぬんだ。もう決めてるんだから」

「おいおい、お藤……」

その時、格子戸がカラッと開いて、弥吉が戻って来た。鼻の頭が真っ赤だ。

「弥吉で御座んす。只今戻りやした。今日は寒う御座んすねぇ。風が冷てえの何のって……」

「おぅお藤、熱いトコ注いでやりな」

「あいよ。弥吉っつぁん、御苦労だったねぇ。さぁ、お上がり」

と、火鉢に掛った銅壺からチロリを取って、盃を弥吉に差し出した。

「へえ、有難う御座いやす。……ふぅ～、五臓六腑に沁み渡りやすねぇ」

旨そうに一息で盃を干して弥吉が云った。龍三郎がまた、勧めた。

「ささ、駆け付け三杯と云うぜ。おぅお藤。……で、感応寺はどんな具合だった？」

弥吉は盃を伏せて、畏まって話し始めた。

「へえ、参拝を装って入り込んだのはいいが、やっぱり広う御座んすねえ。伽藍って云うんですかい、あそこまでは、潜り込みやしたが、奥の方までは行けやせんでした。何やら躰のデッケェ坊主たちがウロチョロしてやしたねぇ。参拝客だと訊きてぇことも訊けねぇんで、焦れってぇから、仰る通り、十手を引っこ抜いて北町の御用だ、と大見得切ったんでやすがねぇ。けんもほろろの扱いで、逆に何のお役でお名前は、と訊きやがって、畜生ッ。あそこは只の寺じゃありやせんぜ。こいつはあっしの勘でやすが、胡散臭ぇ匂いがプンプンしてまさぁ」

「ふぅ～ん。いよいよ伊之助大明神のお出ましを願うか？　得意の天井裏に忍び込んで頂くより手はねぇかな」

ちょうどその時、具合よく伊之助が飛び込んで来た。矢張り鼻の頭は真っ赤だ。

「ウウッ、さぶっ。只今帰りやした。旦那ァ、さっぱりでさぁ。目白や小石川辺りを駆け回って、姿を消した親たちに会って話を訊いたんでやすが、ある日、煙のように消えちまって以来、影も形もねぇ。みんなに泣かれやしてねぇ……畜生ッ、神隠しか人攫いか知らねぇが、我が娘が急にいなくなった気持ちが分かるから、悔しいの何のって」

憤懣やるかたない伊之助に同調して龍三郎が云った。

「伊之、その通りだ。弥吉が感応寺を探ったんだが、いいようにあしらわれちまったんだ。またオメエに得意技をお頼みしなきゃならねえみてぇだな。頼むぜ」

「へいッ、待ってやした！　何処でもいつでも潜り込みやすぜ。お任せなすって」

表は、ピュ〜ピュ〜と寒風の吹き荒れる音が煩かった。

四

その晩——。

ミシッと天井板が鳴った。

一瞬で覚醒した。

始めは、昼間から続く空っ風が家を揺らせて軋んだ音かと思ったが……。

先刻、九つ（午前零時）の鐘を聞いた。

再び、ミシッの音。

（間違いない、天井裏に誰か潜んでいる……）

龍三郎の胸の中に顔を埋めて、しがみつくように眠っているお藤の耳に囁いた。

「お藤、じっとして、動くなよ」

右腕を枕元に伸ばして脇差（わきざし）を握り、鞘（さや）を口に咥（くわ）えた。既に、滑り止めの鎺（はばき）から五分（約一・五センチ）鯉口（こいぐち）を切ってある。

まだ風音は強く、雨戸を揺すっている。

鼻をつままれても分からぬ真（ま）っ暗闇（くらやみ）とはよく言ったものだ。

頼りは、殺気と、衣の擦（す）れる音、呼吸音のみ——。

突如——。

天井から黒い殺気が降ってきた。

龍三郎は布団を撥ね退（の）け、半身を起こしながら、口に咥えた鞘から抜いた脇差を、右から左へ横薙（よこな）ぎの一閃（いっせん）——。空中で斬ったか？　手応えは無かった。

闇の中に響いたのは、バサッと着物を切り裂く音のみ——。

続いて、二、三人の殺気が周りに落ちて来た。

無言だ。誰も、ひと言も口を利（き）かない。

斬りかかる懸け声の、殺意の籠（こも）った気合もない。

龍三郎は咥えた鞘を吐き出して、一応喋（しゃべ）らせようと試みた。

「誰だと訊いても応えてはくれねぇだろうな」

　その声を目指して前後から刀が奔り、突き出された気配――。

　一歩踏み込みながら、前方を峰で弾いた。キィ～ンと鋼と鋼のぶつかる音とともに、漆黒の闇の中に青白い火花が散った。相手の切っ先が折れ飛んだのが分かった。

　頭上で剣先を車に回して、背後に居るだろう敵を袈裟に斬り下ろした。

「ウグッ」

　と手傷を負ったらしい呻きと、

「退けッ」

　との退却を命ずる声が同時に湧いた。空気が乱れて、途端にバリバリッと雨戸を蹴り破って、青白い月の光を浴びて黒装束の男が三人逃げ去った。

　あとは、闇を支配する静寂のみ――。

　暗闇の中に忍び声を掛けた。

「お藤、無事か？　まだ動くなよ」

「はい」

　思ったよりも落ち着いたしっかりしたお藤の声が応えた。

風の鳴る音が戸障子をガタピシと揺らしている。

（三人だけか……）龍三郎は四囲の気配を探った。

と、雨戸の外れた裏庭にもう一人、大きな男が立っていた。

星灯りを浴びて、禿げているのか、剃髪しているのか、頭が青白く光っている。真っ黒の短い着流しの裾が強風にはためいていた。墨染の僧衣を着た坊主か？　手には金剛杖――まさしく行者か、山伏？

「だ、旦那ァ〜、旦那アッ」

と玄関横の六畳間の方角から、伊之助の探るような不安げな声が聞こえて来た。

異様な気配を悟って布団から這い出してきたらしい。

視線を戻すといつの間にか裏庭の坊主の姿は掻き消えていた。

「伊之助ッ、行灯に灯を入れろ」

へぇ、と震え声で答えたあと、カチカチと火打石の音がして、附木に火を点けた伊之助が、燭台片手に立ち竦んでいる。

血飛沫の飛んだ部屋を見渡すと、床の間の柱に折れた剣の切っ先が突き刺さっている。近付いて引き抜くと、それは両刃の直刀――。

龍三郎は黙考した。

ふと、脳裏に浮かんだのは、公儀御庭番！　もしや、浅草寺でのあの一件か？）

（公儀御庭番が。しかし何故俺を狙う？

浅草寺で見たあの御中臈の書付が頭をよぎった。

将軍以外の男子禁制の大奥に属し、若年寄支配下の広敷役人と呼ばれる御庭番たちがいる。大奥内に広敷の間を与えられ、随時、その広間に待機し、大奥との繋がりも深いと思われる。

大奥御中臈雲井の方の書付にあった感応寺。年頃の女の神隠しの件もあり、感応寺を探り始めた矢先のことだ。御庭番が大奥の意を受け、襲撃に及んだのではないのか？　有り得る筋書きだ。

胸の裡にその疑念の思いが色濃く黒雲の如く広がっていった。

そもそもが御庭番は、〈御広敷伊賀者〉と呼ばれている。

八代将軍徳川吉宗がその座に就いた折、紀州から随行してきた薬込役と呼ばれる者ら十七名を幕臣に編入し、御庭番という役目を与えたのが始まりだ。

戦国時代、天正十年（一五八二）、織田信長が明智光秀の裏切りで本能寺に斃れた後、徳川家康が家臣と共に、後々〈神君伊賀越え〉と謂われた摂津の国・堺から三河まで逃亡する際、配下の服部半蔵を頭にした、乱破、あるいは素破、草とも呼ばれた伊賀忍者集団に力を借り、落ち武者の群れや土着の賊の襲撃から守られたといういきさつがある。

天下を治めた後も家康はこれに恩義を感じて重用し、将軍直属の、各藩の情報収集を主たる任務とする間諜集団に形を変えさせた。

それが、八代将軍吉宗によって、御庭番役として組織されたのだ。

――今の身分は、幕臣である。大奥に属する侍たち。若年寄の支配下にあり、江戸城本丸に位置する庭に設けられた御庭番所に詰め、奥向きの警備を表の職務としている。

(しかし何故俺が、御庭番に襲われたのか？ しかも此処は、南北両奉行所合わせて二百五十人の与力・同心が住まう八丁堀組屋敷だ。危険を冒してまでも襲撃して来るだろうか……何としても俺の口を封じたい……漏れてはならぬ大奥の秘密に、俺が手を触れた、ということなのか？ それと、姿を消した僧侶らしき坊主は……？)

解けぬ謎であった。明日にも奉行所に出掛け、北町奉行の榊原忠之に拝謁して、お知恵拝借といこうと、さっぱりと切り替えた。

「お藤、大丈夫だったかい。さて、ここじゃもう寝れねぇな。隣の部屋に布団を敷くか。伊之、血を拭いといてくんな。届け出は明日の朝に頼むぜ」

「へ、へえ、承知致しやした」

「お前さま、よく寝ようなんて気になれるねぇ……ねぇ伊之さん」

「へえ、その通りで。あっしはもう……吐きそうで」

五

翌る朝、伊之助の知らせで、奉行所から顔馴染みの同心と、筆頭与力の高杉平左衛門が駆け付け、色々質されたが、全く襲われる覚えはないと白を切った。

確証のないことを口走って、吟味探索を混乱させてはいけないと考えたからだ。

直かにお奉行の耳に入れ、相談すれば済むことだと、九つ半（午後一時）過ぎ、龍三郎は呉服橋御門を渡り、北町奉行所の表門を潜った。

相変わらず今日も寒風が吹き荒れ、乾き切った表門前は土埃が舞っている。玄関式台に駆け付けた中間の作蔵に、

「おぅ作爺(じい)、お奉行はもうお城から戻ったかい。ご相談申し上げてぇことがある、取り次いでくんな」

「はい、ちょうどお中食(ちゅうじき)も済まされて、只今はご休息中で御座(ござ)います。ささ、案内(あない)致しましょう。どうぞ」

中庭に面した長い廊下を歩きながら見る木々の枝は枯葉を落とし、風に揺れている。年の終わりももう直(す)ぐだ。寒気が身に沁(し)みる。龍三郎は寒さが苦手だった。

「殿様、結城龍三郎様がお見えで御座います」

廊下に跪(ひざまず)いた作蔵の呼び掛けに、閉め切った障子の中から、北町奉行榊原忠之の温かい声が聞こえた。

「おぅ龍三(りゅうざ)、参ったか。さぁ入れ入れ。寒かったろう、その方もわしと同じ寒がりだったのぅ」

座敷に入ると火鉢を抱え込んだ忠之が、にこやかに迎え入れた。熾(お)きた火鉢を間に挟んで端座(たんざ)した龍三郎。そこには奉行と同心という階級の分け隔(へだ)てはなかった。父子(おやこ)のような親密な雰囲気が二人の間にはあった。

「御前(ごぜん)、今年も終わりですなぁ」

「うむ。無事に年を越えられそうじゃ。龍三、今年も奉行としての面目を保てたのも、そちのお陰よ。礼を云うぞ」

「何を申されます。それがしの力など……早速ですが、実は昨夜……」

「おぅそれよ。今朝、高杉から報告を聞いた。昨夜遅く何者とも知れぬ賊に襲われたそうじゃのぅ。皆、無事であったのか？」

「はっ、何事も……賊の一人に手傷を負わせましたが逃げられてしまいました」

その後、浅草寺での巾着切りの話から、大奥の奥女中らしき女の紙入れにあった書付の中身——大奥の御中﨟雲井の方、御側室お美代の方様、住職日啓、護摩焚き修行、正月休みの墓参り等々——そして神隠し騒動に至るまで、手掛かりになりそうな名や事柄を全て明かした。

「御前、もしや、大奥の広敷役人が絡んでいるのではないかと推察致したので御座いますが……」

「成程、そのようなことが出来るのは広敷役人たちだけだからのぅ。内と外を繋げるのは彼らだけじゃ。頷けるのぅ」

将軍以外は男子禁制の大奥を自由に出入りする広敷役人と呼ばれる御庭番——通常は江戸城本丸に位置する庭、天守台下に詰め所を設け、此処は大奥に隣接しているのだが、昼間は大奥の御広敷に在る部屋に詰めて、夕七つ(午後四時)の鐘を合図に、二の丸御休息、西の丸山里門を、三人ずつ交代で宿直して、天守台近辺や吹上の御庭など各御殿の門庭の警備に当たることを任務として、文字通り御庭を番している。

大奥に出入り出来る者は、将軍以外は広敷役人のみ。

(そのうちの何人かが、御中﨟に籠絡され、立身出世を約されて……)有り得る話だろうか?

大奥御中﨟と御庭番たる広敷役人と感応寺との繋がりは?

おそらく、書付を見てしまったこと、感応寺を探り始めたこと、その結果が、昨夜公儀御庭番に襲われた理由であろう。

口封じのためには、与力同心組屋敷にまで忍び込んで襲うというこの執念——この断固たる黒い殺意は、何のためか?

龍三郎には到底知る事も叶わぬ、遠い大奥の秘事が関わっているのか?

「う〜む。夜半、八丁堀組屋敷の同心を、公儀御庭番が襲うなど前代未聞、容易ならざることじゃ。余程、知られてはならぬ秘密に、その方が手を触れたということかのう……。いや、わしも大奥のことは全く与り知らぬことじゃ。その手前の中奥の執務部屋までは御老中に呼ばれて何度も入ったことはあるが……ふぅむ、大奥か。よし、明日にも御登城した折、御老中に探りを入れてみよう」

「何卒よしなにお取り計らいの程お願い申し上げます。さもなくば、それがしも当分枕を高くして眠ることなど出来ませぬ故」

「うむ。もっともじゃ。年が明ける前には何らかの落着の糸口でものぅ」

顎を撫でながら、眉間に皺を寄せて思案する忠之の前を、早々に辞去した。

約百年前、正徳四年（一七一四）七代将軍家継の時代に、この大奥を舞台にした〈江島生島事件〉という、大奥女中のご乱行事件が起きていた。家継の生母月光院に仕える大年寄江島が、月光院の名代として、上野寛永寺、芝増上寺に参詣した。その帰途、日本橋木挽町の芝居小屋山村座に遊び、歌舞伎役者生島新五郎に一目惚れして、茶屋の宴席に招き、夢中になり過ぎて大奥の門限に遅れてしまい、大奥と中奥を仕切る御錠口の扉の前で立ち往生してしまったのだ。

『わらわは江島であるぞ』

『いえ、例え誰方でも時刻を過ぎたらお通しすることは出来ませぬ』

と押し問答で揉めたという。結果、この件は口さがない茶坊主や御端下とよばれる奥下女までが囀り渡り、江戸城内すべてに知れ渡ることとなってしまった。

しかし、江島の生島に対する恋情止み難く、この騒ぎのあった後にも拘らず、ほかの奥女中を連れて、山村座や茶屋に通い、ひそかに生島を大奥に呼び寄せたり、その品行は止むことがなかった。

この件は、大奥と幕閣で勢力争いをしていた前将軍の正室、天英院と、江島の仕える側室月光院との権力争いに利用され、関係者は徹底的に調べられた。規律の緩んでいた大奥の状況が白日の下にさらされ、処分者は千数百人に及んだと言われる。大目付、目付、町奉行を巻き込んでの糾問を受け、評定所の裁きが下った。

その結句、巻き添えを食った山村座は廃絶され、生島新五郎は三宅島に遠島。ほか数名の役者も遠島の処断。江島の兄白井平右衛門も妹の監督責任を問われて切腹。しかし江島は月光院の嘆願により、罪一等を減じて信濃高遠藩お預けの身となった。

この罪状は、その身は重職ながら、御使い、宿下がりの折に縁もない家に二晩も宿泊したこと、芝居小屋に通い、歌舞伎役者と馴れ親しんだこと、遊女屋に遊んだこと、しかもほかの奥女中たちをその遊興に伴ったこと、等々であった。

この大奥を舞台にした艶話、権力争いの図は庶民の知るところとなり、芝居小屋の興行に掛り、人気を呼び大当たりとなったのだ。

そのため、大奥に奉公に上がった奥女中たちは、大奥内で見聞きしたことは全て墓まで持って行かねばならぬとの不文律の掟が存在したとか――。


襲撃された翌晩から、お藤を無理矢理十軒先の轟大介の家に預けた。家督を大介に譲って隠居した父御と母御、妹と一緒ならば、安心というものだ。

代わりに大介が自ら志願して龍三郎宅に泊まり込むようになった。

寝ずの番は、伊之助と弥吉が引き受けた。どんな些細な音も聞き逃さない地獄耳の弥吉が十手片手に見張り番に立てば、これほど心強いことはない。伊之助は向こう鉢巻きで鎧通し片手に手ぐすね引いて待ち構えている。

大介も、緊張と昂った気分で眠れやすまい。

龍三郎の知覚は、何か事あらば一瞬で目覚める〈常在戦場〉の武士としての心構えが、心底から身に備わっているから、平然と熟睡する。

(――さぁ、今一度、御庭番の襲撃はあるやなしや)。

龍三郎以外は皆、息を殺して待つ神経を磨り減らす一夜が明けた。

朝を告げる鶏の鳴き声が、皆の緊張をほぐし、思い切り背伸びして朝を迎えた一同。いつ襲われるかとの不安で、眠った者はいなかったのだろう。顔はむくみ、瞼は腫れていた。これでは体が持たぬと翌晩からは一人だけ残して、交代で眠るようになった。

張り詰めた気配りと肉体の疲れを消耗する二日間が経過した。

朝、奉行所の中間の作蔵が駆け付け、

「結城様、殿様からのお呼び出しで御座います」

と告げた。

龍三郎も、待ってました、と取るものも取りあえず、奉行所の大門を潜った。年の瀬も押し詰まって、あと二日で暮れようとしていた。

忠之の居室に入るや否や、忠之が勢い込んで語り出した。

「龍三、エライことになってきとるぞ」

「……エライこととは？」

「まぁ聞け。昨日、日頃よりお世話いただいておる御老中水野出羽守忠成様にご相談申し上げたら、驚くべき話をお聞きした。実はな……」

老中は四、五人定員制で、皆、二万五千石から十万石までの譜代大名から選出された。通常の職務は月番制で、首座として一人が担当する合議制で、非常時には大老を置いていた。

十一代将軍家斉が家治の後を継いで、十五歳でその座に就くと、田沼意次を罷免し、老中首座に松平定信を起用して、以後執政には一切関わらず、大奥に入り浸り、女色に溺れた。

忠之は語る――。

「〈お手付き〉の側室は何と四十数名。子を産み名前の判明している側室だけでも十六名いるそうじゃ。同じ男子として生まれて、羨ましいと申すか……驚嘆すべき精力よのぅ……」

ほとほと感心し切った奉行忠之の真顔を見て、龍三郎は小声で「御前」とたしなめた。

「おぅ、気が緩んでしもうた。それでじゃ、その中でも上様は、側近中の側近、旗本中野清茂の養女から大奥入りした十六歳のお美代に狂った。朝も晩も、お美代なしでは夜も日も明けぬというのめり込み様だったそうじゃ」

平穏の世に武士が出世するには、将軍の愛妾を出すことと弁えていた中野清茂は、下総の国中山の法華経寺内にある智泉院の祈禱僧、日啓の娘、お美代の美貌に目を付け、養女に迎えた。屋敷で行儀作法の教育を施し、大奥に上げて奉公させることに成功したのだ。

大奥に奉公するということは若い娘にとって憧れの職業であり、その後の経歴に箔をつけ、大身の武家に嫁げるという保証を確約されたも同然のことだった。

二千人の奥女中が勤めると言われる大奥で、直接将軍と面会を許された女中たちは〈御目見以上〉とされ、その特権を持つ女中は百人程度だったとされる。〈一引き二運三女〉と謂われ、まずはコネ、上役からの引き、二番目にお目に留まるかどうかの運、三番目が美貌とされた。これが大奥で出世するための条件だった。

――〈御鈴廊下〉と呼ばれる中奥との境を仕切る御錠口から、巾二間、長さ十五間の廊下に畏まって居並び、何とか将軍のお目に留まるよう僥倖を待つのみ――。

お目に留まり〈お手付き〉となれば、幕府の老中に匹敵する力を持つ。

御中臈から御上臈、御年寄まで位が上がり、その権勢は凄まじいものがあった。

お美代は〈お手付き〉となるとすぐに懐妊し、女子を産み〈お腹様〉となったのだ。男児出産ならば、〈お部屋様〉と呼ばれる。

十五代続いた将軍職の中でも最長の五十年に及ぶ在位で五十五人の子供を産ませた家斉の二十一番目の女子に、このお美代の方に溶姫が生まれたのだ。〈お腹様〉となり一目格上となったお美代の方はその特権を余すところなく発揮し、生来の男心をとろけさせるような手練手管を使って、閨での甘え、おねだりとなって、己の権勢、立場を確固とした位置に築き上げた。

その権謀術数たるや、舌を巻かざるを得ない巧みさだったそうな――。

将軍の寝所で、将軍が側室と同衾する時は、常時その両脇には屏風を隔てて、御中臈一人と落飾した上臈が朝まで添い寝して耳をそばだてているというのに、よくもおねだりが続けられたものだと噂されていたそうだ。

おねだりは続き、実父日啓のために、目白の地に将軍家の祈禱所にするという名目で感応寺を建立してもらった。

養女お美代を大奥に押し込んだ養父中野清茂も、このお美代のおねだりのお陰で出世の道を駆け上がり、小納戸頭取、新番頭格と、禄は二千石までになり、諸大名や幕臣、商人から莫大な賄賂が集まって、中野清茂の周旋を受ければ、願いは叶ったも同然とまで流布されるほど影響力と権勢を誇った。

『中野播磨守にさえ取り込み成れば何事も叶えぬるなり』と戯れ歌に謳われたという。

感応寺は、お美代の方を通じて、大奥と深く繋がっている。そこで何やら世をはばかることが行われている。それを知られたと勘繰ったお美代の方が、息のかかった若年寄に近寄り、御庭番に龍三郎を口封じのために狙わせたのではないか？……と。

奉行忠之の長い話が終わった。

――暫し、無言。龍三郎が深く長い溜息をついた。

「御前、これは難事で御座いますなぁ。それがしには、大奥の深奥は全く分かりませぬ。しかし、何が感応寺で行われているか探ることが必要ではないかと……御側室お美代の方と実父日啓との繋がりは何やら胡散臭い気が致します。それが判明致さば、何故それがしが狙われているのかを知る糸口になるやも知れませぬ」

忠之が、その思慮深い顔で頷き、奉行としての決意の程を示した。

「そうじゃ。その謎が解ければ、大奥と御庭番との関わりも判明するやも知れぬ。龍三、早速動いてみろ。しかし、慎重にな」

六

大奥には手が届かない、潜り込めない。

まずは、御側室のお美代の方の実父日啓の感応寺を探る事が一番手っ取り早かろうと、大晦日、新しい年を迎える前日、龍三郎、伊之助、弥吉の三人は目白・雑司ケ谷の感応寺を探りに出掛けた。

お城から西方へ江戸川沿いに半刻（一時間）ばかり、江戸川橋を渡ると真っすぐに道が伸び、両側が音羽の町場となっている。

突き当たりが護国寺の表門に行き当たる参詣道だった。護国寺は五代将軍綱吉の建立した真言宗寺院で、綱吉の生母桂昌院に仕えた奥女中音羽の持ち地だったと伝わる。

龍三郎一行が、江戸川橋を渡ってすぐの道を左に折れ、目白坂を上って関口台町を進むと両側には大小の武家屋敷が並んでいる。肥後熊本藩細川越中守、小笠原信濃守、大岡主膳正らの広大な大名の下屋敷が連なっている。上屋敷はお城の近くに在り、離れた場所に中屋敷、下屋敷が散在していた。その先の町場を北に入って行くと、雑司ヶ谷鬼子母神に至る。

もうその辺りは百姓地で、だらだらと上り坂が続き、小高い丘があり、杉木立が鬱蒼として三十段の石段が在った。そこが感応寺だった。

山門の軒瓦の端に魔除け像が据えられ、山門の両側には不動明王の立像が大きな眼で睨みを利かせている。夕暮れの靄の立ち込める寺の姿は何か妖気を孕んで薄気味悪い。

ちょうど豪華な権門駕籠が石段下に到着し、降りて来たのが金襴織りの打掛を羽織ったお局風の奥女中——上臈か中臈が、二人の腰元にかしずかれて、その無表情な顔が振り向いた。

「あっ、この間浅草寺で紙入れを掏られた雲井とかいう御中臈ですぜ。あ～あ、吹き髷なんぞで結って洒落やがって」

髪結いの玄人の伊之助が雲井の方を見破って云った。大きな輪の形に結い上げた髪に、豪華な櫛・簪・笄を飾り付けている。

「まるで御大名の姫様みてぇに洒落のめしてやすねぇ」

すべてはこの中臈の掏られた紙入れから始まったのかもしれなかった。

三人は杉の大木の陰に身を隠し、やり過ごした。若党の担ぐ駕籠は帰って行った。

突如――。

境内の方角から、エイエイッ、オウリャッと腹に響く数十人の男たちの声が轟いた。森閑とした静寂の杉林の中にこだまする男たちの胴間声。

「あっしがチョイと覗いて来まさぁ」

と伊之助が、猿のような身軽さで石段を登り、姿を消した。待つほどのこともなく直ぐに現れて、上から龍三郎と弥吉を手招きする。

後に続く二人――静寂をつんざく声の音量は益々大きくなる。

三人それぞれが山門に張り付いて片目を覗かせた。

将軍家斉にお美代がねだって、父日啓のために建立したというここ感応寺。

白い築地塀が左右に五十間（約九十メートル）ばかり連なり、三万坪はあろうかという敷地だ。

二間（約三・六メートル）の高さの山門は圧倒されるような堂々たる構えだ。

背後に黒々と威容を誇って本堂が望まれる。

今しも、広い境内に三十人ほどの僧侶が、短い膝下までの墨染の衣を着て、その手には太くて長い金剛杖、あるいは六尺はあろうかという錫杖、刀身二尺の長薙刀を握って、左右上下に振り、打ち込み、回転させて武術の鍛錬中の趣。

——まさしく僧兵だった。

(この和平が続く平穏の時代に、戦国の世でもあるまいに、修験僧、荒法師姿はどうしたことか……)

龍三郎が黙考したそのとき、回廊の角から、短軀だが肩幅の広い五十がらみの朱色の袈裟を着た僧が姿を現した。

「覚禅坊、止めィ、勤行の時刻を忘れたかッ」

「ハッ、日啓導師、申し訳御座りませぬ。身が入り過ぎ申した。皆散れッ」

下知したこの大男、眼も鼻も口も大造りで魁偉な形相だが、その岩を思わすごつごつした体軀は、なかなかの武芸の達人と見受けられた。

(あれが覚禅か……覚えておこう)

朱色の袈裟を着た僧侶が回廊を曲がって消えた。

(彼奴が破戒僧日啓か!)

僧侶たちは俊敏な動きで四方へ散らばって行った。

「オメエたち、覚えておきな。奴が日啓というこの感応寺の親玉だ。それと伊之、今の覚禅と呼ばれたデケェ坊主、この間襲われた夜、裏庭に居た坊主に似てねえか？」

「旦那、此処は一つあっしに忍び込ませておくんなさい。よござんしょ？」

伊之助がニタリと舌なめずりして云った。

「伊之、オメエの得意技だな。大晦日の晩にご苦労なこった。俺たちにゃあ真似が出来ねぇ、任せたぜ」

あっさりと云った龍三郎が踵を返すとすぐ後ろに弥吉が従った。石段を下りる途中でまた、立派な乗り物が到着して大奥の奥女中がそわそわと降りて来た。

二人は杉の木立に身を潜めてやり過ごした。


――大晦日の夜も更けて。

伊之助はチョイと手間取ったものの、三丈（約九メートル）の高さを超える天井裏に潜り込むことに成功した。覗き込むと目の下三丈で繰り広げられる大晦日、除夜の法事は、伊之助にとって初めて見る壮大な感を覚えた。

ここ感応寺の伽藍の本堂、須弥壇には、六尺はあろう火焔に包まれた不動明王像が祀られ、前机には香炉や蠟燭が点され、御供物が置かれている。

その手前の護摩壇には護摩を焚く炉が置かれ、今や紅蓮の炎は一丈（約三メートル）ほどの高さまで、まるで閻魔の舌が舐め動くようにパチパチと火の粉を散らせて燃え上がっている。天井板が熱いくらいに熱せられて、腹這いになって覗き込む伊之助の躰は焼かれるようだった。

先ほど龍三郎の旦那に教えてもらった日啓導師がその真ん前の礼盤に座し、その周囲を二十名ほどの僧侶が取り囲んで、鉦・太鼓や木魚の鳴り物を叩き鳴らす。その後ろに座禅を組んで座る大奥の女たちが十名ほど。日啓が朱色の袈裟の袖を風を払って切り、何やら両掌の指で印を結んでその儀式は始まった。

「臨・兵・闘・者・皆・陣・裂・在・前・イエ〜イッ」

九字の印による破邪の法である。

何十人もの朗々とした轟きは、伽藍中の空気を震わせ、腹に響き、頭を痺れさせ、夢幻の境地に誘い込む。

天井裏に潜む伊之助もその勢いに圧倒され、生唾を飲み込んで天井板の隙間から覗き込んだ。

下から見上げれば、その天井板には荘厳な雲龍図が描かれている。雨を呼ぶ水神の龍が仏法の教えを雨のように降らし、その水は燃え盛る火から建屋を守ると謂われ、寺院の天井画には雲龍、双龍の絵が多いのだ。

半刻（一時間）も続いたか、儀式も漸く終わった気配——。

護摩焚きの火も燻り、僧侶たちが立ち上がり、既に腑抜けのようになった大奥の女たちの手を引いて、それぞれどこかに案内して消えて行った。

伊之助は浅草寺からすっかりお馴染みの御中﨟雲井の方の後を追った。

広い境内には篝火が赤々と焚かれ、荘厳な年越しの儀式にいやがうえにも気分を高揚させるような雰囲気を醸し出している。

本堂から離れた敷地内に二、三十棟の宿坊が建てられ、僧侶と大奥の女たちが手に手を取ってそれぞれ分かれて、一見しもた屋風の家の格子戸を開けて屋内に消えて行った。

伊之助にとって、伽藍の天井に比べたら、宿坊の天井裏に忍び込むなど、赤子の手を捻るより容易い。難なく御中﨟雲井の方の入った宿坊の天井裏に腹這いに寝そべった。

今しも目の下八尺（約二・四メートル）で、行灯の明かりも消さず、覚禅と呼ばれた大男に組み敷かれて、素っ裸に剝かれた真っ白い肌が、浅黒い肌に絡みついてのたうっている。

「覚禅様ぁ〜お逢いしとう御座いました。この雲井を朝まで如何ようにもお慰みくださいませ。あ〜、もそっと強くゥ〜」

誰にも邪魔されず、遠慮のない、溜まりに溜まった情欲は、飽くことを知らず、むさぼりあい、男を食い尽くし嘗め尽くし、留まることを知らず朝まで延々と続いたのだ。

始めのうちは伊之助も、他人様の閨房での乱れた姿など、初めてお目に掛かるので無我夢中で覗き込んでいたが、一刻（二時間）もすると飽きて頬杖ついて欠伸を噛み殺しながら、それでも張り付いて覗いていたが、いつの間にか天井裏で寝込んでしまった。

――新しい年の朝が明けた。鶏の時の声にハッと天井裏で目覚めた伊之助が隙間から覗くと、素っ裸の男と女が絡み合ったまま、いぎたなく寝込んでいた。覚禅と雲井の一晩中、乱れに乱れて性を貪りつくした後の姿だ。

ひと晩、冷気の厳しい宿坊の天井裏に寝込んでしまった伊之助は、寒気に身震いして目覚め思わず掌で押さえたが、大きなくしゃみが出てしまった。

「ハァ〜クションッ」

出物腫れ物所嫌わずとはよく言ったもんで、止めようにも止められぬくしゃみだった。気付かれたかと隙間に張り付いて覗いたが、覚禅坊が「ううむ」と唸って寝返りを打った気配のみ。

胸撫で下ろした伊之助がそっと宿坊を抜け出し感応寺の境内に立つと、睦月（一月）元旦の厳しい冷気がゾクッと身を震わせた。

「ハ、ハァ～クションッ！」

大きなくしゃみの連発が境内に鳴り響いた。

何処からか清流の流れと鹿威しのカターンという爽やかな音、小鳥の囀りが聞こえ、身も心も洗われる思いだった。

ここ感応寺は、男に飢えた大奥の女たちの性の捌け口、お助け小屋となっているのだ。魑魅魍魎の跋扈する悪僧と大奥の女たちの〈通夜〉と称する夜通し続く性の饗宴――。

（龍三郎旦那に、一刻も早く、お知らせしなくちゃならねぇ）

韋駄天の足は空を飛び、薄靄のたなびく正月元旦の早朝の武家屋敷を、町屋を駆け抜けた。

七

江戸の町は新年を迎え、ここのところ神隠し騒動も鳴りを顰(ひそ)め、平穏な新しい年の幕を開けた。冬空は高く、青々と澄み渡り、白い雲の流れは速い。凍(い)てつくような寒風が肌を刺す元日(がんじつ)の朝だった。

町人たちは『ただ寝るばかりが果報(かほう)なり、まして働くなどもってのほか』と、元日は湯にも入らず、掃除(そうじ)もなし、朝から酒を酌(か)み交わし、お節(せち)料理をつまんで、ひたすらごろごろしている。子供たちの羽根つきや凧揚(たこあ)げ、独楽(こま)回しに興ずる楽しげな声が遠方まで聞こえるばかりで、大人たちはほろ酔いの寝正月で外へ出歩くのも億劫(おっくう)がる。

それに比して、武士の正月は多忙を極(きわ)めた。上役(うわやく)への年始参りはこの階級社会では、部下として忠誠心を示す証(あかし)であった。

ここ八丁堀組屋敷の、結城龍三郎の家では、轟の家から戻って来たお藤が、腕によりをかけた正月料理が並び、主従三人が寄って、今しも御屠蘇(おとそ)気分で御目出度(おめでた)い新しい年の幕が開こうとしていた。足付き膳の上には、それぞれ黒漆(うるし)の椀(わん)

に、餅、大根、里芋、小松菜の入った澄まし汁の雑煮と、別の膳には尾頭付きの大きな鯛の塩焼きと刺身が載せられている。勿論、燗酒も——。お奉行宅でも家族揃って元旦の朝を迎えている。

お奉行への元旦の挨拶はこの後だ。早朝から訪れるわけにはいくまい。

伊之助、弥吉が二人並んで端座して、両手をつき、声を揃えて挨拶した。

「旦那、奥様、御目出度う御座います。この一年また宜しくお願い申し上げやす」

「おう、御目出度う。イイ年でありてぇなぁ。宜しく頼むぜ」

「御目出度う、伊之さん、弥吉っつぁん。今年もよろしくね。さぁ飲っておくれ」

お藤は芸者上がりの小粋な仕草で銚子を勧める。匂うような御新造ぶりであった。

「朝から酒が呑めるのぁ正月だけだなぁ。……で、伊之、昨夜はご苦労だったなぁ、大晦日の夜だってぇのに。朝早く帰って来たのか？　で、天井裏から覗いた景色はどんな案配だったたぃ？　この後、お奉行にご挨拶とご報告に行かなきゃならねぇんでな、聞かせてくんな」

龍三郎は好物の鯛の刺身をぺろりと一口放り込んで、盃を静かに啜った。

「へぇ、……でも、よござんすかい？　奥様がお傍にいらっしゃると、チョイと話し辛えなぁ」

盃一杯の御屠蘇で、もう頬を朱に染めた下戸の伊之助が、尻をもぞもぞ居心地悪そうに動かして呟いた。お藤がわざと拗ねて云った。

「ああそうかい、じゃあっちへ行ってようかい。……莫迦だねぇ、もうそんなおぼこじゃないよ、あたしゃ」

「へぇ、すんません、じゃ話しやす話しやす」

伊之助はしわぶき一つして、舌で唇を舐めてから、おもむろに喋り始めた——。

伽藍での護摩焚きの模様や、そのあと天井裏で覗き見た覚禅と雲井の閨事を、仕方話で、寝そべり、裏返り、絶頂の声も真似して裏声になり、組んずほぐれつの状態を熱演して見せた。

「伊之、分かった分かった。オメエもう酔っぱらってんじゃねぇのか？　見ろい、お藤が顔赤くしてるじゃねえか」

「だってエ、おぼこじゃねぇって仰るから、事細かに……スンマセン」

伊之助が不満そうに口を尖らせて抗議した。

「ふ〜ん、男日照りの大奥の御殿女中たちが、我も我もと馳せ参じるわけだ。二千人もの女ばかりが住まう大奥だぜ。中でも、上様の御手が付いた御中﨟以上の〈お褥滑り〉の三十路過ぎの女たちは我慢がならねえだろう……」

感応寺での説法とは、三十路過ぎの熟女に性的快感を与えることだった。

大奥では三十歳になると〈お褥下がり〉という決まりがあり、将軍と寝所が一緒に出来なくなるという掟がある。

側室お美代の方は、その権勢欲から一計を図り、〈お褥下がり〉となった三十路過ぎの、満たされぬ性欲に悶える上﨟・中﨟たちを、御祈禱と墓参りと称して、感応寺を訪れさせ、若い僧侶たちとの性の遊興に耽らせているらしい。

感応寺では〈通夜〉と呼ばれる夜通しで悩み事を聴く説法が執り行われていた。

しかし、これは詭弁で、その説法とは、元歌舞伎役者らしき美形の住職や筋骨隆々の男らしい僧侶たちが揃い、三十路過ぎの女たちに性的快感を与えることだったのだ。

「お美代に気に入られようと御供物も張り合うだろうし、日啓僧正としちゃぁ堪えられねえなぁ。だが、僧兵を抱えてるってぇのはどういうわけだ、分からねえ。それと公儀御庭番もなぁ……。こいつが一番危ねぇ。よし、チョイとお奉行に正月のご挨拶に行かなきゃならねぇ。オメエたちも一緒に来な」

奥の間に入り、お藤の手助けで、裃袴の礼装に着替えた。

お藤が三、四歩下がって、上から下まで眺めてうっとりとして云った。

「矢っ張りお前様もいつもの着流しじゃなく、こうしておめかしすると男っぷりが上がるねぇ。二度惚れしちまうよォ」

「莫っ迦野郎、何云ってやがる。オメエの買い被りだよ」

そういうお藤も黒紋付をビシッと決めて、以前の辰巳芸者を彷彿させる、いなせな若奥方の風情だった。

弥吉と伊之助を供に連れて奉行所の門を潜った。

矢張り、平時とは違って与力は騎乗し、挟箱を担いだ中間、若党を従え、同心連中も皆、岡っ引き、下っ引きを供に顔を揃え、威儀を正している。

あちこちで新年の挨拶を交わし合って、いつもとは違う雰囲気だ。

立派な門松が飾られた玄関式台に、中間控えの表門脇から、早速作蔵が駆け付け、晴れやかな表情で挨拶した。

「結城様、御目出度う御座います。本年も相変わりませず、宜しくお願い申し上げます」

「おぅ作蔵、御目出度う。今年もよろしくなぁ。お奉行はお城から戻られたかい」

「いえ、それがまだ……御登城なされてもう二刻（四時間）にもなりますが……」

「そうかい。何か手間取る事案でも起こってるかな？　よし、じゃチョイと先に同心部屋の方へ顔出して来らぁ。おぅ弥吉、伊之助、オメエたちは中間控えで茶でもゴチになってな。作蔵、頼むぜ」

云って同心溜まり部屋へ向かう。目敏く見付けた轟大介が駆け寄った。

「結城様、新年お目出度う御座います。旧年中は大変お世話になり申した。本年も相変わりませず、御指導御鞭撻の程、何卒宜しくお願い申し上げまする」

「おぅおぅ大介、くすぐってえや。俺たちの間はそんな杓子定規な挨拶は無しにしようぜ」

「しかし、一年に一遍くらいは……年の初めで御座るゆえ」

「そうかいそうかい、相分かり申した。こちらこそ何卒宜しくお願い申し上げまする。どうでぇ、ゆっくり眠れてるかい？　こっちはあの晩以後は平穏な日々だぜ」

とすぐにべらんめえ調に変わって、しゃちほこばった辞儀（じぎ）を返していると、廊下を小走りで来る作蔵の姿が見えた。

「結城様、殿様がお戻りになられました。ささ、案内致します」

興味津々（しんしん）で何か訊きたそうな轟大介を後に残して、奉行忠之の居室へ。

――時は、八つ半（午後三時）を回ろうとしていた。

忠之の居室に入ると、まず型通りの新年の挨拶を交わした後、早速大晦日から元日の朝まで繰り広げられた、感応寺での勤行（ごんぎょう）の名を借りた乱行のすべてを報告した。

「うむ。今朝（こんちょう）、お城にて御老中水野様に詳細にお聞き申した。仰るには、大奥の乱れた不祥事が表に漏れるのを極度に恐れたご側室お美代の方様が、日頃から気脈を通じて居る若年寄の永井尚佐（ながいなおすけ）様にご相談を持ち掛け、龍三、その方の口を封じるために配下の御庭番を動かしたのかもしれない、と」

「御側室と若年寄支配下の御庭番が動いて、それがしの命を……。御前、そう云えば、感応寺には精鋭なる僧兵の一団が日頃の鍛錬を繰り返し、あの寺を攻撃しようなどとの安易な考えを起こせば、堅固な攻守にこっぴどくやり込められるのは必定。あの僧兵たちは侮れませぬぞ」

「う～む、今どき、僧兵をのぅ」

「そしてあのあり余った精力を奥女中たちに注ぎ込んで、互いに満足している模様、一挙両得と申しますからなぁ」

「うむ。若年寄堀田様にご相談申し上げた。いや堀田様はなぁ、大奥のお上臈や御中臈、ご側室のお美代の方にあまり良い感情をお持ちではないらしい……。湯水の如く散財を続ける大奥に、日頃から苦々しい思いを抱かれておられる。お美代の方の実父日啓と組んだみだらな遊興、墓参の名を借りた外出は許せぬ、と申されてのぅ。その大奥の秘密を嗅ぎ付けてしまったらしいそれがしの配下、町奉行所同心を如何扱ったら宜しいかとご相談申し上げたら、思案の末にな、降り掛かる火の粉は振り払って構わぬ、とのご託宣じゃった。斬り捨て御免大いに結構、と仰られてな。大船に乗ったも同然じゃ。龍三、正月早々幸先の良い話であろう。遠慮せず、存分に腕を揮うが良い」

「ありがたい話ですなぁ。ただ幕臣である御庭番と刃を交えて良いのでしょうか。それと感応寺の僧兵は寺社奉行の支配です。我ら町奉行所と対峙しても宜しいので……?」

「ううむ。悩ましい問題じゃのぅ……。いや構わぬ。龍三、ただ正義を貫け。それあるのみじゃ。何か事あれば、わしが責を負い、この老い腹を捌けば済むことじゃ。龍三、己の信ずるがままに進め。大奥は我等には手の届かぬ秘密の場所。まず搦め手は感応寺じゃのぅ」

龍三郎はこれだけ信に足る上役の下で隠密廻り同心として腕を揮えるわが身に感謝し、深い謝辞の想いを伝えて、忠之の前を辞去した。

早速その足で、龍三郎は中間控え部屋で待つ弥吉、伊之助に命じて、雑司ケ谷の感応寺をさらに深く探るよう云った。二人は嫌な顔一つせず、正月早々嬉々として飛び出て行った。

(神隠しの件もある。どんな朗報を探り出してくるか)

龍三郎は今は待つのみだった。

八

伊之助、弥吉の二人は、目白感応寺門前の石段の両側に続く杉木立に身を潜め、様子を窺った。やはり正月だからだろうか、御供物を手に、勤行を望むのか、老若男女が引きも切らずに三十段の石段を登って山門を潜って行く。

門脇には番人のように白衣の僧侶が立ち、金剛杖を手に睨みを利かせている。正月早々御祈禱を受け、身を清め、新年の多幸を願っての御喜捨なのだろう。既に伽藍の方角から大音声の祈禱を唱える僧侶たちの声が聞こえてくる。

伊之助と弥吉は頷き合って、石段に並ぶ最後列に紛れ込んだ。

「これこれ、そこの御仁、いずれの方かな？」

山門脇で張り番の白の僧衣姿の修験僧が二人、金剛杖を前に通せんぼして立ち塞がった。弥吉が恐れ入った風情を装って、目を伏せて進み出た。

「へえ、おら達は初めての加持祈禱でごぜえます。新しい年を迎えまして、御寺の霊験あらたかなご評判を承り、女房の病気平癒と災難除けを御祈禱願いたく参じました、へえ。御喜捨はわずかで御座いますが、ここに……」

懐を押さえて見せた。

「おう、それは御奇特な御心掛け、ささ、どうぞお入りくだされ」

弥吉、伊之助はぺこぺこと頭を下げ、難なく伽藍に足を踏み入れた。

本堂の入り口に長机を置き、僧侶が二人――一人が御供物・御喜捨の金子を受け取り、もう一人の前には大福帳のような冊子が拡げられ、列に並んで名前と住まいを書き記している。後ろから覗き込むと、西国から東北、全国津々浦々から集まってきている様子だ。

弥吉が神妙に大嘘の名前と村の名を書いた。顔見合わせて、ぺろりと舌を出したのは伊之助だった。

伽藍の中は睦月の寒さを吹き飛ばすような熱気に溢れ、異様な雰囲気だった。二人は居並ぶ百人を超える人々の最後列に畏まって端座した。

今日も朱色の僧衣の日啓導師の前の須弥壇には盛大な護摩が焚かれ、火の粉が飛び散り、大音声の読経は、伽藍の天井を、壁を震わせる。

日啓導師の真後ろに座すのは、中臈雲井の方とお上臈らしき金襴織りの派手やかな打掛を羽織った女性。ふたりも経文を無我夢中で唱えている。

端座し、座禅を組む人々は、合掌した両手が、体中が震え、眼付きは虚空を見詰め、何かに乗り移られたような態をさらしている。

頭は上下にガクガクと、上体は前後左右に揺れ、心此処にあらず、憑かれたような眼は宙空を彷徨い、狐に魅入られたようだ。

若い僧侶が、座す人々の間に分け入り若い女の耳元に何やら囁くと、その女は糸で操られるようにフラフラと立ち上がり、僧侶の後に従って伽藍の奥の扉の中へ吸いこまれて行く。

御上﨟と雲井の方も立ち上がった。それを後方から首を伸ばして見た弥吉が、伊之助の耳元に囁いた。

「アニさん、あっしの耳は喧しくてもう痛くて耐えられねぇ。出ようぜ」

二人はそろって小腰をかがめて人を分け、奥の扉を目指した。廊下に出ると厳めしい僧侶が二人、金剛杖を前に突き出して遮った。

「何処へ行く!」

「あのぅ、厠へ行きてぇんで……もう漏れちまいそうなんで」

「う〜む。そこを曲がって突き当たりじゃ」

横柄に云う僧侶に、へえ、有難う御座いやす、と神妙に低頭した。

廊下の角を曲がり、長い廊下を行くと厠が在った。

飛び込んだ二人は、連子窓を外して裏へまんまと抜け出た。坊主二人の眼をくらましたのだ。

最奥の広間の前に来掛かると中から、女人の泣き悶えるような声が騒々しく聞こえる。

弥吉がしゃがみ込み、俺の肩に乗れ、と上を指差す。五尺（約百五十センチ）に満たない小男の伊之助がヒョイと弥吉の肩に足を乗せて、高さ九尺（約二・七メートル）はあろう飾り欄間にしがみつき覗くと、四、五十人の僧侶と女たちが、素裸で交ぐわい、我を忘れて絡み合っていた。

これこそが、ここ感応寺の本当の御祈禱なのだ。肩から滑り降りた伊之助が、もう食傷気味の風情で云った。

「もうオイラは覗きは飽きてる。けど、あの御中﨟の雲井だけは弥吉っつぁんにも見せてやらねえとな。こっちへ来ねぃ」

伊之助は、市井の女、町娘、女房たちと、大奥の御殿女中とは格差をつけていると直感し、昨日覗いた宿坊を目指した。

境内に忍び出て、元日の夜の闇に沈む宿坊を探す。広い境内のあちこちに赤々と篝火が焚かれて暗い闇を焦がし、空には満天の星が輝いていた。

しもた屋風の宿坊が幾棟かひっそりと影を落としている。

天井裏に忍び込むのは、もう慣れたものだ。弥吉と共に腹這いになり天井板をずらして覗き込んだ。今日は大男の覚禅坊とは違って、歌舞伎絵から抜け出してきたような眉目秀麗、色白の美男に、雲井の方が圧し掛かり、若い僧を首から胸から舐め回している。

「おお、良順さまァ、何とお美しい。嬉しいぞォ、ああ〜」

わらわは幸せじゃ……今宵ひと夜、そなたを独り占め出来るのじゃなぁ。嬉しいぞォ、ああ〜」


大奥二千人の女人ばかりの世界に暮らす御中﨟としては、墓参に名を借りた外出が、溜まりに溜まった憂さを晴らす唯一の方法なのだろう。そのためには、楽しみをむさぼり尽くし、一刻も無駄には出来ないのかもしれない。

この後、大奥の女たちは、身も心も満たされて、取り澄ました顔で大奥へ戻り、また次の墓参の日を指折り数えて、心ときめかせて待つのだろう。

日啓導師は、有り余る御供物と、ご喜捨、貢ぎ物でご満悦を得るのだ。配下の若い僧侶たちにも御利益を配分し、御殿女中を喜ばせて発散させ一挙両得の仕組みなのだ。

帰る道々、伊之助が弥吉に云った。

「俺達には分からねえ、こんな世間もあるんだなぁ。オイラは今のままでいいや」

今見た寺の内情をしみじみ語り合いながら二人の足は、日本橋木挽町の居酒屋

〈樽平〉に向かった。

「アニさん、正月ぐれぇはオイラたち二人だけで一杯飲ろうぜ」

との弥吉の誘いもあったからだ。心おきない龍三郎の配下二人と亭主樽平を交えた祝宴が始まった。直ぐに下戸の伊之助が、茹で蟹のように真っ赤に頬を染めて喋り出した。二日間続けて覗いた雲井の方のあられもない姿態が頭に妄想となってこびりついて、舌を滑らかにしている。

「そもそもだ、そもそもとくらぁ、こん畜生！　十三の歳から廓へ通って、四十八手の秘術を会得した伊之助様だぞォ。この間なんざ、おめえ、廻り髪結いで上がった小唄の師匠の後家さんなんざぁオメエ、雀のちょんちょん駒返しでよう。よがり泣きして花茣蓙一枚掻きむしりやがって、ぼろぼろに破りやがったんだぞオ！」

鼻の孔を膨らませて聴きながら、息弾ませた樽平が、これまた茹で蛸のように真っ赤になった顔で奥へ怒鳴った。

「おい、お千代坊、おめえ耳塞いで調理場に入って、出て来るんじゃねえぞッ」

益々図に乗った伊之助がふんぞり返って云った。

「一丁、教えてやろうか。口の吸い方にも十八手あらぁな。おぅ樽平、知らねえだろ？　よだれ垂らすだけが能じゃねえやい。口吸いって技は大昔からあるんだぞ。『口中の契りは女子が最も悦ぶからのぅ』って昔のおエライ方が宣わっていらっしゃるんだぞ。人間には、口と舌が一番大切なんだってよう……！　チュウチュウ吸ってペロペロ舐めて……」

「伊之さん、お前さん、そういうことは良く知ってるねえ」

樽平が感に堪えたように頷きながら、銚子を勧めた。

「当たりきシャリキのこんこんちきよ！　へっへっへっへ、いいかッ、舌先三寸で悦ばせて、臍下三寸で泣かせてやってるんでぇ。嬉し泣きってやつよッ。そうすンと女はなぁ、あたしゃお前さんに捨てられたら舌を噛み切って死んでやるぅ、ってな、しがみ付いて来るんでぇ。こちとら身が持たねえや。どんなもんでえ！」

巻き舌で、酔った舌をもつれさせて、舌足らずの呂律の回らぬ伊之助の大得意の弁舌であった。弥吉が盃を舐めながら、ぽつりと云った。

「アニさんも大分溜まってるようだねぇ。今夜は、吉原辺りへ繰り込んでその口と舌の技と臍下三寸を思いっきり使いこなしたらどうですぃ？」

「おっ、弥吉っつぁん、オイラも丁度そう思ってたところだい。どうして分かった？　よぉし、善は急げだ、行って来らぁ。弥吉っつぁん、今日のところは払いを頼んだぜぇ〜」

と、暖簾を撥ねて韋駄天の如く駆け去った。しかしその韋駄天ぶりも、何か棒が突っ張っているようなぎこちない走り方で、ヨレヨレだった。

見送った樽平が愚痴った。

「あ〜あ、あっしも嬶ぁを亡くしてから五年……伊之さんに付いて行きてぇのは山々だが、まだ店は看板じゃねえし……。弥吉親分、正月早々寂しいあっしに付き合っておくんなさいな」

「おっと、親爺さん、俺には、お袖っていう可愛い女房が首長〜くして待ってるんでな。済まねえ、勘定してくんな」

立ち上がって懐から巾着を取り出す弥吉を、樽平は恨めしげに見上げた。

九

正月も三が日が過ぎて、下谷広小路はまだ正月気分の人の波で溢れていた。

午の刻（午後零時）を回った頃、弥吉を供にして、東仲町の筋を曲がった途端――。

いきなり、龍三郎を凄まじい刃風が襲った。

命を奪らずにはおかぬとの意思を籠めた、必殺の斬り込みであった。

相変わらず右手は懐手ではあったが、鯉口は常時鎺から五分切られている。

半身を引いて体を躱すと抜く手も見せず、鞘から抜き放たれた胴田貫は、勢い余ってすれ違った侍の背を袈裟懸けに断ち割った。

もう一人、右側から斬り込む相手を、刀を返して下から逆袈裟に斬り上げた。

派手に血飛沫が散った。声も漏らさず二人同時に、龍三郎の足元に斃れ伏した。血を噴き出しながら既に絶命していた。

周囲の町人たちが悲鳴を上げて散らばり、龍三郎を中心に輪が広がった。直ぐに怖いもの見たさの物見高い野次馬が集ってきた。

弥吉が羽織の裾を撥ね上げ、後ろ帯から十手を引っこ抜くと、それを皆に見えるように上にかざして云った。

「八丁堀だ。お上の御用だぜ。誰か、自身番に知らせてくんな」

野次馬の中から、一人が応えた。

「へえ、親分さん、あっしにお任せを」

一人の若者が裾を捲り上げて駆け去ろうとするその後ろ姿へ、弥吉が叫んだ。
「お～い、戸板か大八車も一緒に頼むぜェ」
若者は、へ～い、と答えて素っ飛んで行った。
御庭番――いつも覆面黒装束で、直刀を背に負っているというわけではない。
普段は羽織袴姿の幕臣である。
それが昼日中、こんな盛り場でいきなり抜刀し、こちらの命を絶とうとすると
は……。
余程、口を封ぜねばならぬ切羽詰まった事情があるのだろう。昨年暮れの真夜
中の襲撃以来、二度目のことだった。
龍三郎には刹那の油断もない。迎え討つ覚悟はいつでも備えられ、研ぎ澄まさ
れている。
右手一本が頼りだ。殺されぬために斬り捨てる。斬らねばこちらが殺られる。
斬るべし！　斬殺止む無し！
しかしこの闘争はいつまで続くのか……龍三郎の心は冬晴れの空とはほど遠
く、暗く曇っていた。

第二章　破戒坊主

一

五日の小寒が過ぎ、正月気分も薄らいできた。四つ（午前十時）頃、結城龍三郎宅の冠木門の前に、中間小者二名に侍女、供侍が二人付いて、派手やかな女乗り物が停まった。

駕籠の戸を引いて、すっくと立ち上がったのは、御中臈雲井の方——。

供侍が一人進み出て、玄関の格子戸の前に立ち、訪いを入れた。

向こう三軒両隣の同輩の家中の人々が、何事かと玄関口から顔を覗かせた。町人だけに限らず、ここ八丁堀でも物見高いは人の常に変わりない。

「御免。こちらは北町奉行所同心、結城龍三郎殿のお住まいで御座るか。結城殿は御在宅かな」
「はいはい、只今、湯屋へ参っておりますが、間もなく戻ると存じます。どちら
様で御座いましょう」
奥から姐さん被りの手拭いと襷を外しながら、お藤が上がり框に膝を突いた。
供侍を見ると、鼠色の紋付羽織に仙台平の袴、月代もきれいに剃り、髷も整え、
直参旗本に違いない、とお藤は見当を付けた。
「これはご無礼仕った。それがしは野尻八郎兵衛と申す。若年寄配下、お城の
奥庭を管理致す、広敷用人で御座る。この方は御中﨟雲井の方様で御座る。お戻
りまで暫時、お待ち申し上げても構わぬかな」
「はい、それはもう……どうぞ、お上がりくださいませ」
(ははぁ、この御中﨟が先日の伊之助が覗き見たご当人であったか)と、お藤は
胸の内でクスッとしながら、裏庭に面した奥座敷へ案内した。
十畳ふた間、伊之助の六畳間、八畳の板間、玄関、勝手用土間と裏廊下、下賜
された二百坪の敷地に建てられた三十坪の狭い家である。同心仲間の家は皆こん
なものだ。広い裏庭は生垣で囲って他人の目を塞ぎ、龍三郎の剣の格好の修練の
場となっている。

同心仲間たちは余った敷地に長屋を建て、町人や職人、商人たちに賃貸しし、その家賃を生計(たつき)の足しにしているが、龍三郎は同じ三十俵二人扶持(ぶち)なれど、お奉行直々(じきじき)に隠密廻り(おんみつまわ)同心として斬(き)り捨て御免の特別役手当を頂戴(ちょうだい)している身分だからその必要はない。云えばこの組屋敷内では裕福(ゆうふく)であった。

衣擦れ(きぬず)の音高く、雲井の方と旗本二人がお藤の後に続き、裏庭に面した奥の十畳間に端座(たんざ)した。

「只今、お茶を」

座布団を勧(すす)め、立ち上がろうとするお藤に、もう一人の眼つきの鋭(するど)い武士が手を上げて止めた。

「あいやお女中、お構いなく」

お藤はキッと振り返って、立て膝を座り直して云った。

「わたくしはこの家(や)の女中では御座いませぬ。家内の藤と申します」

「おう、これは失礼仕った。御新造(ごしんぞ)様であられたか。御無礼を」

「いいえ。……姐さん被りと襷掛けじゃそう見られても仕方御座いませんよねえ」

ここでも、お藤の勝気な気性は曲げられない。

そのとき、玄関口から気楽そうな龍三郎の声が聞こえた。これも権威にへつらうことが大嫌いな能天気な声音だった。

「お藤ィ、誰方か、お偉い方がお見えかァ。立派なお駕籠だなぁ」

朝湯帰りで、伊之助に月代と髭を当たってもらい、結城紬の袷を着流し、小ざっぱりした龍三郎が、ずかずかと奥の間へ入って来て足を止めた。

この寒さにもめげず素足だった。粋を通すには痩せ我慢も必要なのだ。四季を通じて素足に雪駄履きで通している。大刀を帯から抜き、跪いて袂で受けるお藤に渡した。一尺八寸の脇差はおのれの居宅内でもそのまま帯刀している。〈常在戦場〉の武士としての心構えは忘れたことはない。

「おぅ、これはこれは、誰方かと思ったら、御中臈雲井の方様……昨年暮れの浅草寺以来のおめもじで御座るな。とは申しても、こうして面と向かうのは初めてで御座るが、かように狭苦しい拙宅などへようこそ参られた。して、此方の御仁は？」

三人の前に端座したが、懐手に見える左の袂がダラリと垂れて、さぞ無礼な侍に見えることだろうと、龍三郎は三人の表情を推し量った。

「申し遅れた。それがしは、大奥支配、野尻八郎兵衛。こちらが、古坂孫市で御座る。雲井の方様は既に存じ寄りで御座ったな。……付かぬことをお訊ね申すが、御手前、その左腕をいかがなされた？　不躾な問いと思し召さるな」

「なぁに、斬り飛ばされたまでのこと、隠密廻り同心の御役目では覚悟の上で御座るよ。して、本日の御用向きは如何な？」

「そのことで御座います」

御中﨟雲井の方が、色気たっぷりなかすれ声で云って身を乗り出した。その顔には差し迫った、すがるような表情が見て取れた。

「過日、浅草寺にてわらわの紙入れを掏られた折は取り返して頂き、御礼の申し上げようも御座いませぬ。本日はその件で……書付の内容は一切表には御遺漏無きようお願い致したく……またこれ以上感応寺を探ることは控えていただきたいのです。多少なりのお心付けもご用意しておりますれば、何卒……」

「何でぇ、心付けってのぁ、金子の事かい？　御中﨟さん、残念だねぇ、俺は今ンとこ、金にゃあ不自由はしてねえんだ。買収しようったって無理な相談だ。おととい、おいで」

　雲井の方がキリキリッと顔を強張らせて身を乗り出した。そのときお藤が障子を開けて、盆に茶を載せて入って来た。

雲井の方はツッと身を引いて澄ました表情を取り繕った。

お藤が、先日の伊之助の閨の話の七転八倒の熱演ぶりを思い出し、ついニコッと笑いを含んだ口調を我慢できず、御愛想たっぷりに、

「外はお寒かったでしょう。どうぞ、お熱いお茶で御座います」

と茶托を三つ並べてそれぞれの前に押し出した。

龍三郎の言葉が雲井の方の急所を突いた。

「ああ、口を閉じてくれってお願いは、日啓僧正の感応寺の一件で御座るかァ……大晦日から元日に掛けて、それがしの手下が天井裏に忍んで、事細かに拝観させていただいた模様で。通夜とお聞き申した、文字通り夜を徹しての説法とやらも……」

たちまち、雲井の方の躰は強張り、表情は蒼白に固まった。

「そ、それは誠で御座いますか」

「如何にも、誠も誠。護摩焚きの勤行も、墓参りの中身も、委細拝見仕ったそうで、恐れ多くも観音様の御開帳もとっくりと拝ませていただいたとか……覚禅坊主と一緒にねぇ。嘘偽りは申しておりませんぜ」

御中﨟雲井の方はわなわなと震え始めた。唇を嚙み締め、睨めつける顔は醜

く凄みがある。

雲井の方は、表情を冷ややかなものに変え、静かな口調で切り出した。

「結城様、貴方には確かお二人の兄上が居られましたね。ご嫡男の哲之進殿は家督をお継ぎなされて、旗本小十人組組頭のお役目を、ご次男敬次郎殿は書院番頭五百石、林喜左衛門殿の婿養子として迎えられ、つつがなくお勤めをなさっておられるご様子――何かご失態をされなければ宜しいのですが……」

龍三郎の胸中にムラムラッと憤怒の思いが沸き起こった。

(この女狐めッ、俺の兄弟をタネに脅しにかかって来やがったな。狡猾で卑劣な手を使いやがる！　命を狙うだけに飽き足らず、兄弟まで人質に取るとは)

それでも龍三郎は突っ撥ねた。

「いいか、兄たちに不利益があれば、あんたらの企み全てぶっ潰してやるぜ。その覚悟はあるのかい」

御中臈雲井も負けてはいない。囁くようなかすれ声で、尚も続けた。

「それに、御父上兵庫之輔殿は、何やら仄聞致すところによれば、御公儀より切腹の沙汰を下され、御立派な御最期を遂げたとか……」

龍三郎は噴出しそうな怒りを腹中に納め、平然と反撃を仕掛けた。喧嘩を吹っ掛けたのだ。

「ほぅ～、色々よくご存知だ。だがな御中﨟、去年の暮れのいつだったか、全身黒ずくめの侍ぇが三人、子の刻頃、天井裏から降って来て寝込みを襲って来やがったから、オイラが手傷を負わせて追っ払っちまったが知ってるかい？」

「ううむ」

唸った野尻と古坂が右側に置いた大刀を左手に持ち替え、殺気丸出しの眼光で睨んだ。鯉口切って抜き打ち寸前――二人の躰に力が漲った。

「おぅおぅ、こんなトコロで直参の御旗本がだんびら引っこ抜いていいのかい？　こっちはいつでもいいんだぜ」

春風駘蕩、どこ吹く風と懐手のまま泰然と座る龍三郎の態度に気を呑まれたのか、数瞬の間二人は睨んでいたが、この八丁堀組屋敷内で真っ昼間から刃傷騒ぎを起こすのは得策ではないと思い至ったのであろう、顔見合わせて勢いよく座を蹴って立ち上がった。

「参ろうッ。話にならん！　さ、御中﨟様……」

「へん、こっちをわずかな金子で籠絡しようたってそうはいかねえぞ。千両箱が、一つ二つ足りねえんだよ。それに、家族をダシに脅すなんざ、人のすることじゃねえ！　お藤、塩撒いとけよォ」

「あいよ。いつでも撒けるように上がり框に塩壺ごと置いてありますよ」

「そうこなくっちゃいけねぇ。皆さん、お見送りはしねえぜ。あばよ」

座したまま後ろ姿で云う龍三郎を残して、足音荒く三人が座敷を出て行った。

　これ以上侮蔑した客の見送り方は無かろう。

　龍三郎は普段から、権威を笠に人を見下し金権で籠絡しようとする輩が虫唾が走るほど嫌いだった。そして尚且つ今日は、家族を人質にしてこちらの弱味を衝こうとして来た。この姑息で卑怯未練な脅迫を許すわけにはいかない。日頃から身分や格にこだわり、周囲からちやほやとゴマスリばかりの茶坊主たちに取り囲まれた大奥中臈と御目見え直参の矜持は地に墜ちただろう。

　ここまで虚仮にされ、門前払いを食らわせた反動がどう出るか、まだ思いもつかぬが、気分は清清と晴れていた。

　入れ違いに髪結いの仕事を終えた伊之助が走り込んで来た。出て行った三人を見送って、両手で口を塞ぎ、笑いこけている。

「あの御中臈じゃありやせんかい。よくもまあぬけぬけと面ァ出せやしたねぇ」

「伊之、見っともねえ。思い出し笑いなんぞしやがって。よさねえか」

「へえ、だってぇ……」

「ば〜か、死ぬまで笑ってろい。お藤、お奉行に会いに行くぜ」

「あいよ」

龍三郎とお藤は、気分の悪い客を、夫婦阿吽の呼吸で追い出してしまったことで気分が良かった。

二

——呉服橋御門内、北町奉行所、役宅奥座敷。

龍三郎と榊原主計頭忠之の二人が、火の熾きた手炙りを間に挟んで向かい合っていた。障子は閉め切ってある。

「御前、余程知られたくないことのようですなぁ。わざわざ拙宅まで駕籠で乗り付け、書付の内容はひと言も外へ漏らさぬように。また感応寺をかぎ回るのをやめろ、と……供侍は二人、あれは御庭番に相違ありません。つい先日も下谷広小路の盛り場でいきなり斬り付けられました。幸い、此方が返り討ちにして事なきを得ましたが、何故あれほど執拗にそれがしなどを……」

「ううむ。聞いて居る。……大奥に於いてもおのれの立場を利用して大奥女中たちの弱みを握り、それを満足させてやることで手なずけ、より揺るがぬ権勢を誇示するために、父日啓の寺へ送り込んでおる。その実父日啓と大奥女中の墓参り、通夜の実状の何たるかを知られてしまったという恐れにより、ただでは放っては置けぬ、口を封じてしまえと刺客を放ったのであろう。とは言え、あまりに拙速すぎる行動にも見える。何か他に悪事や良からぬ企みがあるやもしれぬ……。大奥のこのところの、二十万両に及ぶ散財を取り締まるためには、勘定奉行と、感応寺を取り締まる寺社奉行と、我ら町奉行所と組して事に当たらねばならぬ。恐れ多いことじゃ。龍三、よもやとは思うが、その方も決して油断なきよう、心してくれよ」

温かい部下思いの北町奉行榊原忠之の思い遣りであった。

龍三郎はありがたく礼を云って、忠之の前から辞去した。

帰ると、弥吉と伊之助は今日も感応寺へ、神隠し騒動の探索に出掛けたという。龍三郎としては、功を焦ってお先っ走りはせぬよう祈るばかりだ。

七つ半（午後五時）頃、早めの夕餉を摂っていると、伊之助と弥吉が揃って戻って来た。

「おう、御苦労だったな、さ、上がれ上がれ。お藤、熱いのを頼むぜ」

「はいよ、さ、伊之さん、弥吉っつぁん」

二人が畏まって着座し、両手をついて挨拶した。

「只今帰りやした」

「で、どんなもんだったい、感応寺の方は？」

弥吉がすぐに応じた。

「へぇ、そいつが妙な具合になってやしてね。男は一切出入り禁止になっちまいやした。女人ばかりがぞろぞろ中へ入って行くってぇのに、こちとらぁ坊さんたちが前に立ち塞がって入れねえ。指を咥えて見ているだけでさぁ。どうなっちまったんですかねぇ」

伊之助が口を挟んで来た。

「あっしたちが覗いてたのがバレちまったんですぜ、屹度。でなきゃあ、ああは急に変わらねぇ筈だ」

首を傾げる伊之助に龍三郎が云った。

「なるほど……俺が悪かったのかもな。いやな、ここへ御中﨟と目付役人が来た時に、俺が感応寺で行われている祈禱(きとう)をみんなバラシちまったんだ。こっちをわずかな金子で丸め込んだり、親兄弟を使って人を黙らせようとする、あの鼻持ちならねぇ大奥御中﨟の鼻を明かしてやろうと思ってな。つい頭にきて、手の内を晒(さら)しちまったんだ。すべて覗いて知ってるぜ、とな。オイラが悪かった、済まねえ」

頭を下げる率直(そっちょく)な龍三郎に、伊之助も弥吉も慌てた。

「旦那、そんな……頭上げておくんなさい」と伊之助。

「そうかぁ……旦那は気が強いからねぇ。黙ってやられっぱなしなんざぁ大嫌(きれ)ぇって性分だから……」と弥吉。

「弥吉、オメエ分かってるじゃねえか。まぁそれで今までも墓穴(ぼけつ)を掘って後悔するんだがなぁ。治せねえ悪い癖(くせ)だ。……さぁて、そうなるとどうするかなぁ。こっちから探る手立てが無くなっちまったってことか」

溜息交(ま)じりに云って考え込む龍三郎に、弥吉が云った。

「旦那、神隠しの件もありやすぜ。あっしはあの感応寺に何かがあると睨んでるんですがね。娘たちがあの広い寺の何処かにいる……そんな気がしてならねえんでさぁ。だが、忍び込んで探るにゃあ広すぎる……。何とかならねぇもんですかねぇ、こん畜生ッ」

　それまで傍らで黙って聞いていたお藤が膝を叩いて云った。

「そんなこと簡単じゃないか。男は駄目で女なら入れるんだろう？　あたしが乗り込むよ。娘たちがいるかどうかを探ればいいんだろ？」

「おいおい、お藤、何を馬鹿な事を口走るんでぇ。オメエわかってるのか。荒くれ坊主がウジャウジャいやがる。そんな危ねえところへおめえを遣るなんてなぁ出来ねぇ相談だ」

「だって、このままただ手を拱いて命狙われるのを待ってるだけなんざ、我慢できないよ。埒が明きゃしないじゃないか」

「奥様も気がお強いから……ご夫婦揃ってねぇ」

　弥吉が大きな溜息交じりに云った。

「いいかお藤、詰まらねえ考えは起こすんじゃねえぞ。決して手は出すなよ」

　龍三郎がいつになく厳しい口調で言い渡した。そのあとの夕餉は、話も弾まず、箸も進まず、盃も進まなかった。それぞれが、思いは別の処に飛んで、心ここにあらずといった風情の、気まずい食事であった。

——三日後、正月九日、それは起こった。

九つ（午後零時）の鐘を聞いて直ぐ。奉行所から弥吉と共に戻った龍三郎が格子戸を開け、お藤戻ったぜェ、と奥へ声を掛けた。

いつもなら三和土から上がり框に上がる頃には、お帰りィ、寒かったろう、といそいそ出迎えてくれるお藤の姿がない。弥吉も上がり込んで来た。

「お藤ッ、お藤ィ」

「奥様ァ」

二人が狭い家の中を見て回っても、きちんと掃除の行き届いた家内には、人のいる気配はない。し～んと冷たい空気だけ——。

龍三郎の背筋を冷たいものが走った。

（もしや、あの馬鹿……）

一瞬で顔が強張り、蒼白に変わったのが分かった。

「旦那ッ、も、もしかしたら？」

弥吉の顔も蒼くなって、怯えたようなその眼が、龍三郎を見詰めていた。

「間違ぇねえ、そのまさかだ。感応寺へ行くぞ。伊之に言伝を書いときな。後から追い掛けて来いとな」

「へえ」

もう中食で戻って来るはずの伊之助は、まだ廻り髪結いの仕事からは帰っていなかった。もう髪結いの仕事は辞めろと云っているのだが、湯屋の板場で聞き込む噂話もいい情報になると続けていたのだ。

伊之助ほどの韋駄天は望めぬが、龍三郎と弥吉は精一杯急いで足を速めた。

龍三郎はおのれの事で鼓動が速くなるなどこれまで一度も経験したことはなかったが、今は心の臓は早鐘を叩くように激しい。

(お藤、早まるな。危ねえトコロに首を突っ込むんじゃねえ)

今や、心中では掌を合わせ、神頼みの龍三郎であった。

三

――伽藍の中の熱気は睦月の寒さでも汗ばむほどだった。

護摩焚きの炎は天井を焼き焦がすほどの勢いで火の粉を散らし、燃え上がっている。

お藤は難なく感応寺の山門は潜ったものの、立ち塞がった番人の僧侶に見咎められ、訊き質された。

『初めて見るお方ですな。誰方のお取り持ちで御座るかな』

『はい、御不動様の冥加を戴きたく罷り越しました。母の病の平癒をお縋り致したく……』

『それはそれは、御殊勝なお心掛け、ささ、お入りあれ』

と、上手く切り抜け、すんなりと境内へと入った。

燻った伽藍の奥、護摩焚きの炎の後ろに立つ不動明王がカッと大目玉で睨み、真っ赤な大口を開いて、大剣を右手に握っている。伽藍の中には圧倒されるような気が充満している。

お藤は一番後ろの列に跪き、皆に倣って手を合わせた。伏せた顔で、横目に隣の女を見る。何やら様子がおかしい。しばらく様子を見てみようと、周囲を窺った。

数十人の女ばかりの集団は、既に恍惚の表情に彩られ、涙を、よだれを垂らし、無我の境地にのめり込んでいる。

お藤はハタと気付いた。

(何だい、この匂いは？　この香りは……)

以前、深川で辰巳芸者をしていた頃、お名指しの掛った水茶屋の奥座敷で、色気爺ィの商人に媚薬を用いられ、危うく手籠めにされそうなことがあった。黒紋付の羽織と着物を剝ぎ取られ、朱色の長襦袢一枚であわやという刹那、髪に差した簪でその色惚け爺ィの腿を突いて難を逃れた。

(あの時と同じ匂い……麝香の香りというか……伽羅の香り……)

頭が痺れ、躰は恍惚感で動きが鈍くなり、どうにも自制が利かなくなる。性欲を昂らせる効果があり、己では制御できない、抗いようがないのだ。

日啓僧正は護摩焚きと称して、その媚薬の粉末を火の中に振り撒いているのだろうか。

今やお藤も、抗いようのない躰の火照り、血がのぼせ上がった、妖しい気分は抑えようがなかった。すでに身体に力が入らず、立ち上がることができない。

微かにまだ残っている意思の力で耐えているのみ——。

一方、目白・感応寺へ急ぎに急ぐ龍三郎と弥吉の横をつむじ風のようにすり抜けて通り過ぎて行った男があった。

たたらを踏んで振り返った小男は、誰あろう韋駄天の伊之助だった。

「あっ、旦那、追い付きやしたぜ」

「伊之、先に行ってくれ。こっちも直ぐ追い付く」

へえ、と答えた姿は、見る間に豆粒となって遠くへ消えた。

龍三郎は、組屋敷の与力の誰かに馬を借りて、火急の御用との鑑札を受け、乗って来るべきだったと臍を噛んだが、後悔先に立たず――。

四半刻（三十分）の時を費やして、感応寺の石段下に辿り着いた。

三十段上の石段を見上げれば、閉ざされた山門の前で二人の僧侶と四、五人の男たちが揉み合っている。登るにつれてその理由が分かってきた。

口々に叫んでいた。

「わたしの娘をお返しください」

「女房がもう二、三日帰って来ねえ。ここに違ぇねえんだ」

「やい坊主ッ、返せ、おらの女房を返せッ」

男たちの中には大工の巳之吉の姿もあった。

襟首にむしゃぶりついた男を、僧侶の金剛杖が引っ叩いた。男は額を割られ、血を迸らせた頭を抱えて蹲った。その荒っぽさは信徒に対応する扱いではない。

ようやく駆け上がった龍三郎が、

「ご僧侶、拙者（せっしゃ）の妻も、本日、御寺を訪（おとな）ったのは相違御座らぬ。至急会いたいのだが……」

「さあ、大勢の女人（にょにん）の方が当寺を訪っておる。今は特別な祈禱を行っておる。故に何人（なんぴと）たりともここを通す訳にはいかんのじゃ……」

「通して頂こう」

と山門の潜り戸に向かうと、もう一人の坊主がむずと肩を摑（つか）んだ。強い力だ。

「ならん」

「喧（やかま）しいやいッ。無理にも通るぜ」

「慮外者（りょがいもの）めッ」

二人の握る金剛杖が、息の根を止めてやる、と殺意丸出しでぶんと唸（うな）りを生じ、龍三郎の頭を狙って振り下ろされた。当たったら、即死間違いなしの風が襲った。

「斬り捨て御免！」

声と共に、抜き放った胴田貫を、左右に一閃（いっせん）。僧侶二人は腹を断ち割られて、血飛沫（しぶき）を散らしながら、石段を転げ落ちて行った。

一陣の寒風がざわざわと杉木立を揺らし、吹き抜けていった。

押し問答をしていた男たちは、突如(とつじょ)始まった剣戟(けんげき)騒動にぎょっとして逃げ腰で後ずさった。すかさず弥吉が羽織の裾(すそ)を撥(は)ね上げ、背中から十手(じって)を取り出し、男たちの眼の前に突き出した。

「心配するねえ、お上の御用だ」

「へっ、お町の旦那ですかい？　御寺社じゃねえんで？」

職人風の男が、着流し姿の龍三郎を見て訝(いぶか)しげに訊いた。

「どっちでもいいじゃねえか、そんなことぁ。女房、娘を助けてえんだろ」

龍三郎が血塗(まみ)れの抜き身を提(さ)げながら平然と云った。

弥吉は既に通用門の潜り戸に取り付き、押したり引いたり、十手で叩いたり無益な力を注いでいる。見上げれば朱色に塗られた高さ五間（約九メートル）の山門は厳然と聳(そび)え立ち、手も足も出ない有様(ありさま)だ。

（さあ、どう侵入する？）

その時、ギィーと軋(きし)む音がして潜り戸が開いた。隙間(すきま)から真っ青(さお)に強張った扁(へん)平(ぺい)な蟹(かに)面が覗いた。

先着した伊之助だった。その右手に握った鎧通(よろいどお)しがぶるぶる震えている。

「でかしたッ、伊之。中はどんな具合だ」

訊ねながら通用門を潜ると、足元に墨染の衣を着た坊主が胸を押さえながらのたうっていた。伊之助が鎧通しで突き刺したのだろう。

「へえ、もう始まってやすぜ。奥様が宿坊に連れ込まれるのを見やした」

伊之助が震え声で云い、境内の奥を指差した。

「よし、案内しな、どこだ。急げッ」

巳之吉や町人たちも潜り戸から入って立ち竦んでいるが、構っている暇はない。

龍三郎は伊之助の後を追って弥吉と共に、境内の玉砂利を蹴散らして駆けた。

血刀を提げた龍三郎を見咎めて、境内に屯していた十数名の僧侶が誰何し、何やら喚きながら駆け寄って来る。

立ち塞がって金剛杖で打ち掛かるのを、刀の峰で弾き、返す刃で袈裟懸け、抜き胴と流麗な剣捌きを見せた。

龍三郎が駆け抜けた後には、坊主たちが血を噴きながらバタバタと斃れ、のたうち回っている。

「旦那ァ、ここでさあ」

伊之助が指差す、奥床しい風情の宿坊の格子戸を蹴破り、三和土から飛び上がって、正面の襖を開けた。

まさしく、間一髪――。

眼前には、着物を剝ぎ取られ、桃色の長襦袢姿もしどけなく、十畳の広さの座敷の隅に追い詰められた、艶めかしいお藤の姿があった。

お藤の前に立つ六尺超の大坊主が振り返った。傍らの伊之助が叫んだ。

「こいつは覚禅ですぜッ」

胴田貫を右手に握り、龍三郎は静かに云った。

「そうかい、オメエに手籠めにされそうなその女は俺の女房なんだよ」

「そうか。ふふふ、もう一息というところ……イイ女よのぉ。夫を始末してから楽しむとするか」

「莫っ迦野郎！　そう簡単にヤラレて堪るけぇ。クソ坊主、覚悟しろィ！」

龍三郎の言葉の途中に、大柄な体軀が横っ飛びに跳ねて、壁に立て掛けてあった金剛杖を握り、軽々と振り回した。

傍らの障子戸が砕け散った。当たれば骨が折れ、血反吐を吐いて一巻の終わりだろう。凄まじい腕力だ。

またもや金剛杖が鼻先三寸を掠めた。風圧が頬を震わせた。

上からの攻撃を思わず胴田貫が払った。何と愛刀が手を離れて弾き飛ばされてしまう。

ニタリと笑って勝ちを意識した覚禅の毛むくじゃらの太い腕が、六角棒の太い杖を振り上げた。メリッと天井板に食い込んだ。

龍三郎が脇差を抜いて飛び込みざま、金剛杖を振り上げた覚禅の左腋下から右首筋まで逆袈裟に斬り上げた。

覚禅は血を噴き出しながら、驚愕の眼を見張って、両腕を広げたまま、ゆっくりと前のめりに斃れる。地響きで座敷が揺れた。

弾き飛ばされた大刀を拾い上げ、片隅で腑抜けのように呆然としているお藤の脇の畳に血刀を突き刺した。そして、お藤の肩に手を掛け覗き込んだ。

「お藤、大丈夫か」

途端にお藤は、泣き顔に崩れて、龍三郎の首っ玉にむしゃぶりついて来た。

「お前さ～ん、御免なさ～い」

と尚もしがみ付いてくるその眼は、トロ～ンと濡れてまだ夢の中の気配だ。

「これは媚薬か⁉」

右手を後ろ首に回してお藤の腕を引き剝がし、ビシッと頰を張った。

ハッと眼を見張るお藤を見詰め、

「お藤、気をしっかり持てッ。目を覚ますんだ」

がっくりとお藤の躰が崩れた。

龍三郎は畳から胴田貫を引き抜き、立ち上がって云った。

「弥吉、お藤はオメエに任せたぜ。伊之、案内しな、あとの女たちはどこだ」

「へえ、こちらで」

伊之助が宿坊を飛び出た。血刀を片手に龍三郎がその後を追う。

境内には金剛杖だけではなく、刀身二尺の長薙刀、鋼鉄製の長さ五尺五寸ほどの長柄錫杖を手に、荒法師が群れていた。

法螺貝の音が重く低く鳴って腹に響く。ここ感応寺にとって、前代未聞の一大事が今、巻き起こっているという合図なのだろう。

悪僧たちは右往左往していたが、龍三郎と伊之助を発見するや否や、雄叫びを上げて殺到してきた。

韋駄天の伊之助も鎧通しを手に、涙ぐましい戦いぶりを見せている。素早い動きで隙を見ては胸元に飛び込み突き刺し、飛んで逃げ、僧兵の間を搔い潜って逃げおおせる。

龍三郎は、襲い来る金剛杖、薙刀、錫杖の矢継ぎ早の攻撃を払い、叩き、斬り、薙いだ。

毎朝の一人稽古のおかげで、何の躊躇もなく自在に刀は動き、通り抜けた後には、首が、腕が、脚が、血飛沫と共に転がっていた。

誰にも止められない、阿修羅の如き剣の冴えであった。

伊之助が過日、弥吉の肩車で覗いた奥座敷へ先導する。

欄間から漏れ聞こえる女たちの喜悦の悶え声、喘ぎ声、男たちの唸る胴間声が交じり合って、この世のものとは思えない。

龍三郎が板戸を蹴破った。

数十人の坊主と女たちが素っ裸で絡み合っていた。狂気の沙汰である。云うべき言葉もない。

龍三郎はその騒音に負けずに大音声で叫んだ。

「お～い、女たちィ、助けに来たぞォ。逃げたい者はこっちに来いッ」

媚薬に侵された脳髄は、まだこの状況が分からないのだろう。坊主にしがみ付いて離れようとしない女たちが多い。

振り返った坊主たちが悪鬼の形相で殺到して来た。しかし素っ裸で武器を持たない悪僧たちは、滑稽なほど締まりがない。

「斬り捨てるぞッ。命の惜しくない奴は掛って来ぃッ！」

それでも猿のように飛び掛かって来た命知らずの坊主は、遠慮なく叩っ斬った。

血飛沫と、絶叫と悲鳴が渦を巻いて、阿鼻叫喚の世界だ。これを眼前に見て、坊主たちも流石に尻込みし、板壁を背にして固まった。

先ほどの町人たちが駆け込んで来た。始めは呆気に取られて棒のように突っ立ていたが、己の女房、娘を見付けると、ワッと駆け寄って抱き締めた。

その中の一人がウロウロとよろめき歩きながら泣き叫んでいる。

「お光ゥ、お光〜。おらの娘がいねえ。もう半月も経つっちゅうのに……お光ゥ〜」

大工の巳之吉だった。娘の姿が見つからないのだろう。

「おい坊主たち、オメエたちのその見っともねえ姿を鏡に映して見せてやりてえなぁ。さあ、衣を着なよ。後は寺社奉行様にお任せすることになる。覚悟を決めとけッ」

龍三郎が云い放ってから、後ろの伊之助に血刀を預け、一人の坊主の首っ玉を絞めて揺さぶり、云った。

「おい坊主、あの大工の娘は何処だ？　何処にいる？」

紫色に変色してきた苦悶の表情で、背後の板壁を指差した。

「旦那、危ねえッ、後ろッ」

伊之助の叫びに、摑んだ坊主の頸を突き倒し、左側へ体を躱し、背後から必殺の金剛杖で打ち掛かる坊主を、脇差抜いて片手殴りの一閃——。

その金剛杖をまともに喰らったら、頭蓋は粉々に砕かれていただろう。隙を見て襲いかかってきた坊主の首が一間の距離を飛んだ。噴出する鮮血。きゃあ〜と女たちの悲鳴が沸き起こった。

頭を板壁に叩き付けられ、頭を抱えて唸っている先刻の坊主の眼前に、胴田貫の脇差を突き付けて云った。

「案内しな。それと日啓僧正は何処にいる？」

素っ裸の情けない躰を屈めて、奥の板壁の前に立ち、欄間から垂れ下がる朱色の房をグイッと引いた。板戸が反転した。隠し扉だった。階段が地下へ十段ほど暗い口を開けていた。

案内の坊主の肩を押すと、隠し戸の裏に架けられた燭台（しょくだい）を手に取り、階段を降りて行く。龍三郎と伊之助が続いた。

暗い穴倉のような地下道が手燭（てじょく）の明かりにゆらゆらと浮かび上がる。ちょうど伽藍の下辺（あた）りになるだろう。

左右に座敷牢が並んでいる。十人ほどの女たちがひっそりとうなだれて座っている。若い女たちが何十人も幽閉（ゆうへい）されていたのだ。

その先十間ほど向こうから、女たちの隠微（いんび）な声と、男の怒声が聞こえてきた。見ると、頑丈（がんじょう）な格子戸の座敷牢の中に男と幾人もの女の姿があった。

朱色の袈裟を羽織った日啓と見える、短軀（たんく）ながら逞（たくま）しい筋肉に覆（おお）われた僧侶が、五、六人の女たちを侍（はべ）らせ、文字通り酒池肉林（しゅちにくりん）、享楽（きょうらく）の真っ只中に身を投げ出して悦（えつ）に入っている。

「おい、日啓、どんな気分だ。天にも昇る気分を味わってるのかい？　そいつももう終わりだ。オメエはもうお終（しめ）ぇなんだよ」

女の太股（ふともも）の間からギョッと振り向いた日啓の眼が、驚愕の表情で見開かれ、固まった。

「ぶ、無礼者めッ」

　それでも素早く立ち直り、僧侶として精一杯の矜持を見せて虚勢を張った。朱色の袈裟はだらしなく乱れて垂れ下がり、見るも無残な姿だった。

「おいおい、日啓さんよ。オメエさんの娘のお美代が側室に昇り詰めたお陰で、その権勢を後ろ盾にして、やりてぇ放題じゃねえか。もういい加減に観念しなよ、日啓さん」

「何を申すか、貴様がこのところ当寺を煩く嗅ぎ回っていた役人かッ。片腹痛いわ。木っ端役人に何が出来る」

「それが出来るんだよォ、和尚さん。御覧の通りテメエをここまで追い詰めたじゃねえか。どうでぇ、文句があるなら云ってみろィ！」

　見る間に日啓の相貌は朱に染まり、怒りのためか、わなわなと震え出した。

「貴様〜ァ、いつまでもそのお役目にしがみ付いていられると思うなよ。拙僧の力を甘く見るでないぞ。泣きを見るのは貴様の方だ。フフフフ」

「その浅ましい姿でよく笑って居られるじゃねえか！　おぅ、坊主ッ、今までテメエのやってきた悪行を振り返ってみろィッ。罪もねぇ、いたいけな女子たちを掻っ攫いやがって。あとに残された者の気持ちがテメエにゃぁ分からねえのかッ！　人の情けが分からねえのかッ！　テメエだって人の子だろうが！　テメエは人間じゃねえ、人の面を被った獣だ。ぶった斬ってやりてぇが、お上の裁きにお任せしてやらぁ。どんな風に裁かれるか、テメエの行く末をその牢の中でとっくりと夢見やがれッ。地下牢に押し込められたこの娘さんたちの気持ちが少しは分かるだろうぜ。ザマァみやがれッ」

龍三郎は日啓にゆっくりと近付き、その顔を思いきり殴りつけた。一間も飛んで、格子に頭をぶちつけて気絶した。

青くなってのびている日啓の醜悪な顔から眼をそらし、後ろを振り返った。

大工の巳之吉親子が、牢の格子を挟んで、お互いの手を握り、名を呼び合っている。

「お光ゥ〜」

「お父っつぁんッ」

もどかしげに手を握り合う父子の頰を滂沱の涙が流れていた。龍三郎が牢の潜り戸の鍵を、鉄環で巻いた鞘の鐺で強く叩いた。

戸が開くと閉じ込められていた十数人の女たちが、喚声とも悲鳴とも分からぬ叫び声を上げて、解き放たれたように扉を潜って出て来た。

「上だッ、突き当たりの階段を昇れ！　外へ出られるぞォ」

女たちは喜びの声を上げて一斉に駆け出して行った。牢内に独り残っていたお光が、お父っつぁんッ、と叫んで潜り戸の前で待つ巳之吉の胸に飛び込んだ。ワァッと、堰(せき)を切ったように泣いている——。

優しく受け止め、しっかりと抱き締めた巳之吉も泣いている。

「お光ゥ、ちゃんはもうお前をこの腕に抱けねぇと思ってたぁ。嬉しいなぁお光、もう離さねぇぞ、決して!」

「お父っつぁん、ごめんね、ごめんね」

「けど、どうしておめえ、こんな目に遭ったんだ?」

「優しそうなお坊さんが、この御寺にお参りに来れば、珊瑚(さんご)の簪を呉れるって誘われて……」

「そうかぁ、ちゃんの稼ぎが少ねぇから、おめえの欲しいものも買ってやれなかったからなぁ……御免よ。ちゃんはこれからもっともっと働くからな。そんな簪一つくれぇすぐに買ってやらぁな。ああ〜、お光、おめえが居れば、働き甲斐(がい)があるってもんだぃ。良かったなぁ、さぁウチへ帰ろうか、おっ母(か)さんと源太坊がどんなに喜ぶかなぁ……」

「ちゃん、ごめんね、ごめんね」

「もういいんだよ、さぁお光。……お侍さま、有難うございました」

何度も頭を下げ、お光の肩を抱えて歩き去る父子の後ろ姿を見送りながら龍三郎は、ふぅ～と思わず深い溜息を吐いた。

傍らでもらい泣きしていた伊之助が呟いた。

「良かったですねぇ、旦那ァ」

伊之助に、日啓を縛り上げるよう命じた。

「伊之、それから寺社の役人に事の次第を伝えてきてくんな」

その後龍三郎は、正気に返ったお藤を伴って、ようやく平穏な八丁堀組屋敷の我が家へ戻ったのだった。

四

江戸城、大奥、千鳥の間――。御殿向に近い一之側、長局向に在る。

大奥出入りの商人から上納されたゼンマイ仕掛けの時計、ギヤマンのランプ、枠を金銀で飾り付けた鏡台など、絢爛たる調度品に囲まれた一室――ご側室お美代の方の居室である。

今しも、お美代の方が御庭を見下ろして、障子際に佇むその脇に、御呼び出しお召しになった御中臈雲井が控えていた。

お美代の方の臈長けた美貌の横顔が、今は憂いを秘めている。

「困ったものですね。まさに蠅のように煩い。手を振って追い払っても、まとわりついて離れようとはしない。遂には父日啓の感応寺まで乗り込んで来て……えいッ、癪に障る!!」

柳眉を逆立てたその表情は、美しいだけに余計、人を威圧せずにはおかない。

雲井がひれ伏した。

「お方様、私めの不始末により、このような大事になろうとは思いも寄りませなんだ。申し訳も御座いませぬ。先日も結城と申す小役人の住まう八丁堀にまで御広敷役人と共に訪れ、口外せぬよう手を尽くしましたが、侮辱され、悔しい思いで帰って参りました。わたくしの至らなさに恥じ入りまする」

「雲井、そなたも元は市井の商人の娘が御旗本の養女となり、この大奥でここまで威勢を揮う御中臈まで昇り詰めたのじゃ。あとは御上臈、御年寄への道を残すばかり。足元をしっかと築いて、踏み外してはなりませぬぞ」

「はい、ここまで功成り、御引上げ頂けましたのも、全てお方様のお力添えの賜物と感謝致しております。一介の商家の娘であったわたくしが、女子の出世は大奥に御奉公することと、父が懇意にしておりましたお旗本の養女となり、行儀見習いを身に付け、奥女中として上がったので御座います。お陰様を持ちまして、御中臈の座まで……」

「わらわも、そなたとそれほど変わりはないぞ。下総国中山の法華経、智泉院の住職が娘として生まれ、幼少より甘やかされ、我がまま一杯に育てられた。十五歳で旗本中野清茂様に養女として迎えられ、行儀作法を仕込まれて、大奥に御奉公に上がった。そして、上様のお目に留まり、十七歳で側室となって御寵愛を受け、お子を授かったのじゃ。溶姫、仲姫、末姫と三人も授かったのに……産まれてきたのは女子ばかり……ああ、これが男子であったならば……わらわは、次の将軍世継ぎの母として、お部屋様となれたものを。返す返すも口惜しゅうてならぬ。溶姫は利発で可愛い娘であった……。外様とは言え、前田百万石に輿入れ出来たのじゃ。そして何と、わらわが待ち望んで叶わなかった男子、犬千代を授かったのじゃ。もしや、望んで止まぬわらわの大望を叶えられるやも知れぬと力を注いでいるその矢先に、このように、小賢しい奉行所の同心などに邪魔されて、父日啓の折角の祈禱所感応寺まで乗り込まれ、面目を潰されたのじゃ。たかが小役人一人、何としても消さねばならぬ。抹殺するのじゃッ、雲井、何ぞ策はないのか！　大望の前の障害は除かねばならぬぞ！」

お美代の方の美貌も、今や般若か夜叉か――唇を噛み締め、攣り上がった眼に睨まれ、ひれ伏す雲井は震え上がった。

「はいッ、若年寄永井様のお力にお縋りし、御庭番の手を借りて、亡き者に致す所存で御座いますれば、何卒、今暫くの御猶予を……」

「手ぬるいッ。幾ら腕が立つとは申せ、片腕であろう、何の大奥御庭番じゃ。広敷役人じゃ。一刻も早う、始末せい！」

平伏する雲井の頭の中を、奸計が目まぐるしく渦巻いていた。

五

この一件は、まだ落着の気配は見せなかったが、寺社奉行による感応寺の取り締まりが行われたことで、一息付いたかの所感を抱いたのは奉行忠之も同様であった。

北町の役宅、奥の居室で向かい合った龍三郎、忠之の二人は、善後策を練った。

今まではお江戸を騒がす押し込み盗人集団や抜け荷の商人、密貿易の元長崎奉行や、辻斬りに狂った武士、それに便乗した似非辻斬り侍らを相手に、此方が探索し、証を握り、追い詰めて斬り捨てれば良かったが、今度は逆にこちらが命を狙われ、それを防がねばならない。

相手は、幕府大奥に属する広敷役人、御広敷伊賀者と呼ばれる若年寄支配下の御庭番——。

表面上は、文書御庭番所に詰め、奥向きの警備を表向きの職務としていた。時に、将軍の側近である御側御用取次から命令を受け、情報収集活動を行なって将軍直属の貴重な情報源となっていたのだ。

あくまで世襲制で、現在の十一代家斉の治世の時代は、分家などで二十二家に増えていたが、この御庭番任務には、別の命も下される。閉めた障子を挟んでの直答が許される〈御障子越し〉の御目見えであった。

禄高も三十俵二人扶持の町同心と同額の微禄であった。浜町堀の西の松島町に百五十坪の敷地が下賜されたが、小禄の為ここは町人に貸し地代を取り、自分たちは桜田の御用屋敷に住んだ。

身分を隠して遠国に、各藩の実状を探りに出掛ける〈遠国御用〉。命を受けるや否や、直ちに日本橋の幕府御用達の呉服問屋〈三越〉に赴き、秘密の部屋で変装し、家族にも告げずに出立する。

『他人はもとより親兄弟と雖も職務上の秘密は漏らしてはならぬ』との旨、誓詞を就任時に提出していた。

御庭番の中から村垣淡路守定行、明楽飛騨守茂村ら勘定奉行にまで出世したものまで現れた。最初は御目見え以下の軽輩から出発したのだから、大した出世だ。何せ、将軍直属の秘密組織であることが誇りであり、誰でも成れる役職ではなかった。

波乱の薫りを孕んだ寒風は、今日も江戸の町を吹き荒れて、行き交う人々の身を凍えさせ躰を強張らせる――。

空はどんよりと曇り、雪催いの低い雲の流れであった――。

六

睦月も中頃を迎えた朝は、やはり真っ白の雪が降り積もっていた。

どさっと屋根瓦を滑り落ちる雪の塊の音に眼が覚め、雨戸を開ければ目映いばかりの白一色。軒下には氷柱が下がり、吐く息も蒸気のように白い。

「お藤、見てみなよ。寒いが気分のいい眺めじゃねえか。心が洗われるぜ」

「ほんとだねえ……今、あったか～いお味噌汁を拵えるからね。チョイと待っておくれ。あら、今朝も剣術のお稽古かい？」

「おぅさ、やらねぇと気持ちが悪ィや」

寝巻から刺し子縫いの藍染の稽古着に着替え、素足に雪駄で裏庭へ降りる。雪が融ければ呉服橋御門の奉行所前の路上は、埋め立て地ゆえどろどろの泥濘となり、同心たちの巻き羽織の裾はなお高く角帯に巻き込まれることだろう。しかし、雪中、泥濘、足元が覚束ないなど、剣士は言い訳など出来ない。如何なる悪条件の下であろうが、自在に刀を振れる技は躰に沁み込んでいなければならぬ。雪だろうと雨だろうと、深酒の後であろうと、武士の心得を忘れてはいない。

寝ぼけ眼の伊之助が四つん這いで出て、廊下に両手を付いて挨拶した。

「お早う御座いやす。寒い寒いと思ったら雪ですかい？」

「おぅ、伊之、お早う。今朝は桜湯へは顔を出さねぇのか？」

「いえいえ、行きやすぜ。高下駄履きゃどうってことありやせんや。へえ、行って参りやす」

尻端折りに高下駄履いた姿で、伊之助が商売道具の入った岡持ちを手に、番傘を差して、湯屋へ出掛けて行った。月代を剃り、髭を当たりながら、板場で交わす噂話の中から結構な情報を摑んでくる。愛想の良い扁平な蟹面が人の警戒心を解き、思わぬ拾い物のネタを握り、龍三郎にとって重宝な役回りを担ってくれていた。

裏庭での右腕一本の素振り、斬り込み。手練の閃きはもう腕と刀が一体と化して、刀刃の迅さで切っ先は三、四寸は伸び、斬撃の鋭さは目にも止まらない。

降り仕切る雪の中での一刻（約二時間）もの鍛錬で、汗びっしょりになった躰からは、火照った肌に雪が融け、蒸気のように白い湯気が立ち上っている。

お藤が稽古着を脱がせ、乾布摩擦で皮膚が赤くなるほど擦りあげると、ようやく人心地が付いたのか、龍三郎はどてらを巻き込んで着て、

「今日はもう桜湯は止めだ。この雪の中湯屋へ行くなんざ御免蒙る」

「あら、お前さん、あったかい湯に浸かったら疲れも飛ぶよ」

「別に俺ぁ疲れちゃいねえよ。それより早く、あったけぇ蜆の味噌汁を飲ませて

くんな」

　その時、格子戸がカラッと開いて、弥吉の渋い声が聞こえた。

「お早う御座いやす、弥吉でござんす。上がりやすよ」

　今弥吉は、急を要する事案もないので、神田連雀町の恋女房お袖の小料理屋〈吹寄せ〉の二階でつつましく暮らして、毎日一遍は龍三郎の住まいに顔を出すという岡っ引き稼業を続けている。

　その弥吉が怪訝な顔を覗かせて云った。

「旦那、妙な野郎が二、三軒向こうに立ってやしたぜ。この雪ン中、越中富山の薬売りがお宅を窺ってやがるから、あっしが声を掛けたんでさぁ。『薬屋さん、この寒いさなかに大変だねぇ。商売にならねえだろ？』とね。いえ、それはまぁ、とか何とか曖昧な返事で誤魔化しやがって、そそくさと離れて行きやがった。あっしは野郎の胡乱な眼付きが気に入らなかったんで。へえ」

「ふぅ〜ん、薬屋ねえ、色々あらぁな、気にするねぇ。それより弥吉、オメエ朝はもう済ませたのか、うまい味噌汁が出来上がるぜ」

「へえ、ゴチになりやす。奥様、済んません」

「ウウッ、さぶッ、只今、帰りやしたァ」

今度は格子戸を開けて、伊之助が帰って来た。

「おぅ、伊之、今朝は早ぇじゃねえか、まだ一刻ほどしか経っていねえぜ。この雪で早仕舞か？」

「へえ、客も足元が悪ィから、いつもより少ねぇでやすねぇ。旦那ァ、それより妙な客がしきりに旦那のことを訊いてやしたぜ。あっしも初めての客で、商人でやしたが、遊び人風の本多髷に結ってくれってんで。鬢を剃り上げ、月代は広く、髷は細くきりりと結って、吉原辺りじゃ持て囃される粋な髪形でやすがね。その野郎が『この桜湯には片腕の八丁堀の同心のお侍がお見えだそうだねぇ、そのお方は毎朝来るのかい？』なんてぬかしやがるんで。さあ、来たり来なかったりですぜ。あなた様はどちらの方で、あまり見掛けやせんねぇ、って探りを入れたんですよ。そしたら『あたしは日本橋の呉服問屋を営んでおります。こちらの桜湯のおよねちゃんにホの字でねぇ、通わせてもらってるのさぁ』なんてなよなよしてやがるが、掌にゃあ硬ぇ竹刀胼胝がびっしり出来てて、あれぁ二本差しに違ぇありやせんぜ」

伊之助得意の仕方話で、立て板に水の話しっぷりだった。

「ふぅ〜ん、その桜湯の客と云い、表を張ってた薬屋と云い、何か引っ掛かるな。おいらを狙ってやがるのかなぁ」

「な、何です、表の薬屋って？　えっ、弥吉っつぁん？」

伊之助が訝しげに首を突っ込むのを抑えて、龍三郎が云った。

「オメエたちは巻き添えを喰わねえように気を付けるんだぞ。お藤、飯にしてくんな。伊之も腹が減ったろう。オメエの好きな、あったけぇ蜆の味噌汁だぜ」

お藤が湯気の立つ味噌汁の椀を三人によそって手渡す。主従水入らずの雪の朝の朝餉が始まった。もう昨夜から降りしきった雪も止んでいた。

「うわ〜、ウメェなぁ、奥様のお作りになる味噌汁はどうしてこんなにウメェんだろ？　アチチチッ」

「おい伊之、おめえも早ぇトコ、旨ぇ味噌汁拵えてくれる女子を探さねえとな」

「そんな無い物ねだりしたってぇ……あっしにぁ、奥様みてぇな方は手の届かねえ遥か彼方の高望みだぁな。旦那や弥吉っつぁんが羨ましいや」

「はっはっは、そうでもねえよ。オメエじゃなきゃ嫌だって女子もいるらしいじゃねえか」

「そうですぜ。あっしはアニさんに首ったけって茶店の女ぁ知ってますぜぇ」

「嘘つけぇ。そりゃぁ、弥吉っつぁんの買い被りだぁな」

恥じ入る伊之助が可愛く四人の笑いが弾けた。

その時――。

門前から読経の声が聞こえてきた。この雪の朝に托鉢の修行僧？

信心深い伊之助がさっと立って、お布施の小銭を出そうと、袂を探りながら格子戸を開けた。

墨染の衣を着、網代笠の天辺に雪を溜めて、一人の若い修行僧が鉄鉢をチーンと鳴らして経を唱えている。素足に草鞋履き、しかし錫杖は持たず、腰には道中差が――。

「伊之助ッ、退けェ～」

叫びながら、龍三郎が裸足で玄関口を飛び出してきた。

刹那――純白の雪に筆で刷いたように鮮血が飛び散った。

美しいと言っても良かった。

抜いた脇差を握り締めたまま、托鉢僧の流す真っ赤な血が雪を染め、じわじわと広がっていった。伊之助は冠木門に寄り掛かって、腰を抜かしたように茫然自失の態だ。

「伊之、信心深ぇのもいいが、命と引き換えにすることぁねえぜ。今後はお布施一つも気を付けねぇとな。オメエが奉行所へ届けて来な」

伊之助は大股開きに膝を立て、両手を後ろについて顎をガクガクと頷いた。

七

翌朝、雪が積もった白銀の世界。

龍三郎は早朝の一人稽古を終えた後、高下駄を履いて桜湯へ出掛けた。やはり客は少ない。

八丁堀の湯屋では、女子衆は朝湯には入らないので、女湯はがらがらだ。だから同心たちは混み合った男湯よりも女湯の方へ好んで入ることになる。

この時代は、男女混浴が当たり前だったが、女湯の板間に備えられた刀架（かたなかけ）に大小を掛け、着物を脱ぐ龍三郎の脇に、既に髪結いの仕事で顔を出していた伊之助が寄り、耳元で囁いた。

「旦那この間、旦那の事をしきりに訊いていた商人が今朝も来てますぜ。ほら、今洗い場でおよねちゃんに背中を流してもらってる、あのニヤけた野郎でさぁ。気ィ付けておくんなさい、あのお洒落（しゃれ）野郎が、今朝は髪（かみ）を触らせなかった、ひょっとすると、何か髷ン中に仕込んでいるかも知れやせんぜ」

流石に掏摸上がりの伊之助の勘は鋭い。平生と違う何かを見逃さないのだ。

「ふぅ～ん、せいぜい気を付けようか」

熱い湯の蒸気が逃げぬように造られた、湯船と洗い場を仕切る石榴口と呼ばれる板戸を、身を屈めて潜り、窓のない板壁に囲われて灯油皿一つの火だけが灯る薄暗い湯船に、冷えた躰を沈めた。毎朝の過酷な鍛錬で強張った筋肉がほぐれていく気持ちの良さに思わず目を瞑り、ゆったりとした気分に浸っていた。

しばらくすると、誰かが左側の湯船に身を滑り込ませて来た気配を感じた。

「お町の旦那ですってねぇ。左腕をどうなされました？　見事な切り口で御座いますねぇ」

「ふぅ～ん、そうかい、これを見事と云うのかい、見っともねぇやな」

薄目を開けてみると、先刻伊之助から注意を促されたあのニヤけた商人だった。なるほど、掌の竹刀胼胝も当然の筋骨隆々の鍛えられた体軀だった。

喋り方は、軽い江戸前の町人言葉だ。

「昨夜の雪は大変でしたなぁ、この後お奉行所へご出仕で御座いますか」

世間話でこちらを油断させ、隙を突いて……と思った瞬間、湯が揺いだ。透明の湯を透かし見れば、隣の商人の左手の先から三寸ほどの光る得物(えもの)が鈍(にぶ)く煌(きら)めいてサッと振り上げられた。

左利きだ。左腕の無い龍三郎の、無防備の左側から襲撃してきたのだろう。

身に寸鉄も帯びない裸の風呂場で、やはり伊之助の云った通り、畳針が髷の中に仕込んであったに違いない。

龍三郎の右手が宙空でガッシリとその刺客の針持つ左手首を握って、ギリッと締め上げた。右腕の膂力(りょりょく)の強さなら、誰にも負けない。右腕だけを鍛えているのだ。お互い息を詰めての力比べになった。

血走った眼が真近に迫り、渾身の力がこめられた針持つ手が震えている。

龍三郎も負けじとギリギリと絞り上げ、相手側に針先を向けて捻(ねじ)った。

と、形勢を逆転させようと、そ奴の丸太のような右腕が龍三郎の首に絡(から)みつき絞めて来た。湯の中に沈めて絞め落とそうとする殺意が感じられる。左手には針。

その右腕は龍三郎の顎の下にがっしりと食い込んでいる。龍三郎には、絞め殺そうとするその腕を外すもう片方の手が無い。今こそ、その腕が、両腕が欲しいと切実に思った。このままでは絞め落とされる——。

(ああ、腕が！　もう一本の手があったら……)

龍三郎は思い切り深く息を吸い込んで、後頭部を後ろにブチ当てた。

ウグッと息が漏れた。鼻ッ柱を潰したらしい。そのまま押して、同時に湯船に潜り、湯船の壁にそ奴の頭を押し付けてやった。

音の無い湯船の中の殺し合い——。

尚も足を突っ張って湯船の壁に押し付ける。バシャバシャと湯が撥ねた。

顎の下に食い込んだ腕の絞め方は強烈で、頭が痺れ顔面が鬱血してくるのを感じた。あと数瞬で絞め落とされる……湯の中へ引き摺り込まれていく。脳内に幻の真っ赤な靄が漂いだした。

いつまで生きながらえるのか。

(俺もこれでお終いか？)

最期を覚悟した刹那、耳元にそ奴の息が泡となって、ブクブクと聞こえた。

此方の息の長さが勝ったのだ。相手が息を求めて湯船の底を蹴り、浮き上がろうともがいている。

そうはさせじと、龍三郎は更に後頭部をそ奴に押し付けた。そ奴の息はもう続かなかったのだろう。首に巻き付いた腕が外れ、無我夢中で浮き上がってきた。

正面に、恐怖の表情を浮かべたずぶ濡れの顔があった。

ここぞとばかりに、右手に握った相手の手首を突き出した。

狙い違わず、そ奴の手ごと握った針は、男の眉間にズブッと刺し込まれた。

両目がカッと見開かれた。長さ五寸の畳針は脳髄まで達したろう。糸のように紅い血が滴り落ちて、湯の中に揺らいで広がっていった。

喉に巻付いた腕が解けて、そ奴はゆっくりと湯船の底に沈んで行った。

「旦那ッ、御無事ですかい？」

見上げれば、伊之助が鎧通しを握り締め、湯船の縁に手を掛けて蒼白の顔で覗き込んでいた。

――一の矢、二の矢、次々と放たれる龍三郎の命を狙っての刺客――。

次はいつだ、どんな奴だ。いつ果てるとも知れぬ襲撃の嵐、凄絶な闘争はいつ終焉を迎えるのだろうか……？

流石の龍三郎も暗澹たる気持ちを抑えられなかった。

第三章　壮大な企み

一

　雪解け道が乾き、お江戸名物の空っ風が吹いて、龍三郎の袖と裾をはためかせている。

　弥吉を供に、久し振りに北町奉行所へ顔を出そうと組屋敷からおよそ五町（約五百四十メートル）の距離を、呉服橋御門へ向かって堀割沿いを歩いていた。龍三郎には勝手気儘な出仕が許されているから、もう既に朝早く出仕した同輩たちの姿はない。

　と、風に乗って前方から尺八を吹く音が聞こえてくる。

　向かい一町ほど先から、虚無僧が二人、近付いて来た。龍三郎は何か分からぬが、引っ掛かるものを感じ、注視した。

鼠色の無紋の小袖を着て、白の角帯、白の手甲脚絆、白足袋に草鞋履き。天蓋を被って、尺八を吹いている。付け焼刃ではない本物の音色だ。

肩から背中に短く錦糸の袈裟を掛け、首からは托鉢用の〈明暗〉と書かれた餉箱を吊り、腰には刀の柄に袋を掛けた長脇差ひと振りを帯刀——。

ゆったりした歩みで近付く虚無僧二人。龍三郎らとの距離がちぢまった。尺八の音が風に乗って高く低く流れてくる——。

龍三郎が唇の端で後ろに従う弥吉にそっと呟いた。地獄耳の弥吉にはこれで充分に伝わる。

「弥吉、くるぜ。抜かるなよ」

左腕を失って以来いつも通り、鯉口は既に鎺から五分ほど切られている。突然の襲撃を迎え討つ態勢は平生から調えているのだ。

ご喜捨の意で拝むのを装い、すれ違った瞬間、虚無僧の天蓋が空高く投げ捨てられた。

龍三郎の胴田貫が鞘走り、煌めいた。

抜き胴で腹を断ち斬られた刺客の一人は二、三歩よろめき、頭から堀割へ派手な水飛沫を上げて落下した。車に返した剣先は、もう一人の虚無僧の左鎖骨から斜めに薙ぎ斬り、右脇腹へ抜けた。その場へ頽れた。

月代をきれいに剃った、茶筅髷の似合う若い侍であったが、もはや断末魔の呻き声を上げている。

龍三郎は血刀を脇に置き、無駄と知りつつもそ奴の襟を摑んで躰を支え、耳元に姓名を質した。

「いずれの者だッ。名は何と申す」

「と、留めをッ。た、頼むゥ」

その必要はなかった。血の泡を吐きながら若侍の頸がガクッと傾いた。

「あっ、この野郎ッ、この間の朝見掛けた越中富山の薬売りの顔に似ていやすぜッ。今日は虚無僧かッ」

弥吉が云って、すぐ目の前の奉行所表門に駆け込んだ。間をおかず、門内から門番、中間、小者が息せき切って駆け付けてくる。その腕には戸板が抱えられていた。

中間の作蔵が駆け寄り、耳元で囁いた。

「殿様はまだ御登城前で御在室で御座います。お取り次ぎ致しましょうか」

「おう、作爺、頼むぜ、いつも済まねぇな」

既に玄関式台前には、乗り物が着けられ、前後を固める供侍の内同心二十余名、挟箱を担ぐ若党、鎗持ち、草履取りの足軽ら十余名——堂々たる登城行列が備え、万端の態で待機していた。

担ぎ込まれた戸板に横たえられた骸を目にして、皆何事が起こったのかと、ざわざわと騒ぎ出した。

長い廊下を進み奥の居室へ向かうと、ちょうど部屋から出て来た忠之と鉢合わせた。作蔵が廊下に膝を突き、云った。

「殿様、ご出仕前に申し訳御座いませぬ。結城龍三郎様、ご案内致しました」

龍三郎も片膝突いて倣い、忠之を見上げて云った。

「御前、たった今、奉行所門前にて虚無僧に身をやつした二人の武士に襲われ、これを斬り捨てまして御座います」

「うむ。相分かった。身元は分からぬのじゃな。吟味を進めよ。御老中の御耳にも入れ、しかと策を練る事と致す。またいつ何時狙われるやも知れぬ。龍三、用心せいよ。では行って参る」

「はっ、行ってらっしゃいませ」

低頭して送るその前を、忠之をお見送りの奥方早苗(さなえ)が引き摺りの衣擦(きぬず)れの音をさせて通り過ぎて行った。

龍三郎は、父兵庫之輔亡きあと、実の父のように慕(した)う忠之の、いささか太り肉(じし)の後ろ姿を見送って、しばし黙考(もくこう)した。敵の正体も、見当(けんとう)は付いている。しかし、時と処を選ばず、身元を隠し、ただただ此方(こちら)の命を狙うのみ。この世から消し去ろうとするこの執念(しゅうねん)、遺恨(いこん)の深さは何なのだ?

思い当たるのは、大奥御側室(おおおくごそくしつ)お美代の方の恨(うら)みなのだが——。

感応寺での悪事を白日(はくじつ)の下(もと)にさらした、その原因こそが龍三郎にあると思い込んだ復讐心がなせる業(わざ)であることは察せられる。

未(いま)だ会ったことはないが、側室お美代の方の逆鱗(げきりん)に触れ、柳眉(りゅうび)を逆立てた顔が思い描ける。怒髪(どはつ)天を衝(つ)く、とはまさにこのお美代の方だろう。

いつまで続くのか、果ての無い闘争、終わりの見えない殺し合い——。

然(しか)し、龍三郎は死ぬわけにはいかない、生きねばならぬのだ。此方には、落ち度がない。罪を科せられる咎(とが)はないのだ。清廉潔白(せいれんけっぱく)、何処に出ても人様に後ろ指を差されるような謂(い)われは持ち合わせていない。

公儀御庭番が暗躍しているのか？　巷に聞く覆面黒装束、背に斜めに背負った直刀、十字手裏剣、撒き菱……。そのような忍びの術を体得した影の者ではない。大奥の御庭の番をするという、しっかとしたお役目を担う公儀広敷役人なのだ。

若年寄御支配の筈が、何故此度はこのように手を変え、龍三郎只一人を狙い続けるのか？

相手が公儀役人であるから、余計始末が悪い。これが、押し込み盗人集団や辻斬り侍だったら、何の差支えもない。斬り捨てても支障はないのだ。

しかし、同じ御公儀から禄を食む町奉行所同心と、大奥御庭番がこのように血で血を洗う殺し合いをしていいものだろうか。彼らも上からの命であれば、本意でなくとも従わねばならぬのだ。

龍三郎としても、己に非があれば、受け入れる覚悟はある。が、討たれる道理無し、処刑される得心がいかぬから、敢然と立ち向かうのだ。降り掛かる火の粉は振り払うのだ。

幾たびの、何人の、刺客に襲われようと、逆に返り討ちに屠り去らねばならぬ。龍三郎は固く心に誓っていた。

（むざむざと殺られてなるものか）と。

……いくら御公儀からの無慈悲な刺客であろうと、殺られて堪るか！と。

龍三郎の胸中には忘れられない、心に秘めた無惨な出来事があった。


七年前、御公儀からの理不尽な沙汰によって、父兵庫之輔に切腹の申し付けが下されたあの一件を忘れてはいない――。

龍三郎が二十一歳の時だ。父は小十人組三百石の禄を頂く旗本であった。

父兵庫之輔は、上の兄二人とは違って、龍三郎が武術に関しては天賦の才が具わっていることを幼少より見抜き、武芸百般を仕込み鍛えた。

剣術はもとより、小太刀、鎗術、弓術、柔術、馬術、水練、手裏剣と、あらゆる武芸を教えたのだ。龍三郎も好きなこともあったが、父の期待に応えた。生来の左利きも矯正され、その腕はめきめきと上達した。元服の十五歳の時には既に父を凌いでいた。

父も我が手に負えなくなったので、元服を機に、麴町に在る練兵館斎藤弥九郎道場の神道無念流の門を叩いた。

その剣の冴えは見る間に並み居る門弟たちを追い抜き、天稟の才が花開き、練兵館の小天狗、麒麟児と謳われた。師、弥九郎は我が子の新太郎、歓之助が居るのも構わず、結城家に養子の申し入れをしたほどだった。父は体よくお断りしたが、我が息子の成長ぶりを秘かに自慢し、誇っていたようだった。

その父が、上役の組頭森下勘右衛門の不始末の責を負わされ、蟄居閉門の処罰を下された。父は従容として一切、抗議、弁解はせず、甘んじてそれを受け入れたのだ。その為か、お家断絶は免れ、存続は許された。

兄哲之進が結城家の家督を継ぎ、次兄敬次郎は、書院番頭五百石、林喜左衛門の娘お希美と養子縁組相整い、結城家を出て林の家督を継いだ。

二人の兄からは、部屋住みの冷や飯食いの風来坊と揶揄され、肩身の狭い三男坊であったが、気にもせず放蕩無頼の暮らしに甘んじていた。

理不尽この上ない公儀からの切腹の沙汰を粛然と受け入れた父兵庫之輔の切腹当日――。

裏返した畳二枚を浅葱色の木綿布で包み、家の北方に敷き、父は白無地の小袖に、浅葱色の無紋の裃袴着用で正装し、御城に正対して端座した。次の間正面には公儀からの検使役が二人、床几に座していた。

武士の切腹は、陽が落ちて闇が訪れた後から行う仕来りだった。

暗い座敷に白木の長燭台が二本置かれ、背後の白無地の幔幕に影が揺らいで、立てられた逆さ屛風が不気味だった。

股立を取った白袴、白足袋の介錯人が、向こう鉢巻き姿で斬首刀を構え、父の背後に立った。

龍三郎は拳を握り締め、血の滲むほど唇嚙んで、父を凝視していた――。

従容自若として父が云った。

『検使役殿、切腹人の最後の望みは叶えてくださる由。それがしの介錯は、我が息子に頼みたい……。龍三郎、この父の介錯を頼むぞ』

『何とッ、父上、それは……あまりに惨い。出来ませぬ。私には父上の首を落すなど出来よう筈も御座いませぬ。何卒、何卒……』

嚙み締めた唇から血が零れた。龍三郎は人生で初めて泣いた。

抑えようにも抑えられない滂沱の涙が溢れ出て、握り拳の上に落ち、衣を濡らした。

……躰が小刻みに震えた。歯を食い縛った。

『よし、龍三郎、では父の最期を眼に焼き付けておけ。武士の身の処し方を、しかとな』

裃の両肩衣を撥ね、膝に巻くと、目の前の三方の上の奉書紙が巻かれた短刀を取り上げ、『いざ』と低く呟くと、一瞬の躊躇いも見せず、薄絹一枚着た左腹に切っ先を突き入れた。

鮮血がジクジクと零れ、腹から流れた。それを左から右腹へギリギリと引き裂いていく――。

呻き声は漏らさない。父の噛み締めた奥歯がキリキリと鳴っていた。

廊下に跪き、拳を固く握りしめて見詰める龍三郎の眼は、血が噴き出しそうな双眸に変わっていた。

父の眼が龍三郎のその眼を捉えた。しっかと見詰めて、最期であろうひと言を残した。

『龍三郎、正義を生きよ……。さらばじゃ』

腹から引き抜いた短刀を左頸筋に当て、血脈を引き斬った。頸筋からひと筋、噴出した鮮血が、背後の逆さ屏風に斜めに奔った。

介錯人の斬首刀が、燭台の灯りに煌めいて一閃した。首が落ちた。

父の躰はゆっくりと前方に傾き、血溜まりに突っ伏した――。

見事な最期であった。龍三郎はこの時、一瞬たりとも眼を反らさず、父の、否、武士の最期を見届けた。そして思い切り落涙した。
涙で曇った眼で凝視した龍三郎は、父のその最期の姿に、武士の矜持、誇りを見た。
武士として生きることの残酷さを、否、死なねばならぬ無念さを思い知ったのだった。
名著〈葉隠れ〉の一節、『武士道と云は、死ぬ事と見付けたり』！
何の落ち度もない、理不尽な、しかし潔い見事な切腹であったが――。
龍三郎はこの時、悟ったのだ、武士としての生き方を、死にざまを！
それからは以後、一度も泣いてはいない。
龍三郎は、決意していた。
俺は父とは違う。謂れのない、理不尽な物事には敢然と立ち向かうのだ！
と。

二

江戸城、大奥広敷の間――。

今しも、百畳の大広間にぎっしりと御庭番黒鍬衆が集められ、何事か、と緊張の糸が張り詰めている。小声で囁き合う侍たちの表情も硬い。黒鍬衆四百三十名のうち、七十名ほどの人数が呼集された。いずれも剣に掛けては手練の者たちばかりだ。

上座の襖を開けて、紋付裃袴姿に威儀を正した組頭、多田光右衛門利貞が登場してきた。

ピタッとざわめきが止み、一同は両手を付き平伏した。光右衛門は御庭番黒鍬の者から、今や禄高三百石取りの幕臣、出世頭だった。

二日前に、西国での騒擾、百姓一揆の情勢を探索しての帰城であった。

たった今、若年寄永井尚佐に呼ばれ、別室での命を受けて参上したのだ。

黒鍬組々頭、多田光右衛門利貞、只の伊賀者ではない。元々先祖は、文字通り、伊賀の里で鍬を振るっていた。隠密の情報収集に長け、その才覚が認められるも、当初は苗字帯刀も許されず、護身用の脇差のみ持つことが許されていた。

だが、三河譜代の黒鍬衆については世襲が認められ、御家人の最下層の扱いではあったが、幕臣の末席に迎えられたのである。

黒鍬衆四百三十人を率いる組頭、齢四十絡みの偉丈夫だ。

何よりも戦国末期から始祖林崎甚助より伝わる〈無双神伝流〉と称する居合抜刀術の手練の技は、並々ならぬものと恐れられていた。

若年寄永井尚佐の懐刀として目を掛けられ、表には出せぬ公儀の闇の部分を一手に引き受け、その力量は御庭番の羨望を集めていた。

脇に座す腹心、野沢節之丞が口を開いた。

「お頭からの御言葉がある。皆、心して聴けぃ」

この野沢も多田に次ぐ立場に居て、黒鍬衆を仕切っていた。

光右衛門が眼光鋭く配下を見回し、響きのある低い声で喋り出した。

「只今、若年寄永井尚佐様より、我等御庭番広敷用人に内密の命が下された。神君家康公以来の恩義に報いるためにはこの機を措いてない。思えば、紀州、伊賀の国で鍬を振るっていた我等が、忍びとして取り立てられて幕臣となり、大奥御庭番として禄を食んでいられるのも、お上の温情の賜物である。此度の命は、北町奉行所隠密廻り同心結城龍三郎ただ一人を屠り去る事のみ。その謂れは知らずともよい。既に托鉢僧に扮した若林、虚無僧の市原、和田、商人に扮し湯屋で針を使って狙った成田も悉く返り討ちに遭った」

広間でさざ波のように囁き声が広がっていった。

「手段は問わぬ、何としても討ち取れ。聞けば、片腕一本の剣士らしい。よいか、我等御庭番黒鍬衆の威信を懸け、総力を結集して、この命にお応えせねばならぬ。各々、心してやり遂げよ。策は野沢を中心に練るのだ。本日はこれまで」

光右衛門が立ち上がるのを、皆が低頭して送った。

三

一方、龍三郎も度重なる近頃の刺客の襲撃に、気を引き締めていた。

用心せねばならぬのは——飛び道具。

姿の見えぬ彼方から、鉄砲なり、短銃なりを撃ち掛かられたら、幾ら龍三郎でも防御の方法はない。姿が見え、刀の届く範囲ならば防ぐ術はあるのだが……。

空っ風が辻々に渦を巻き上げ、江戸の町は凍てついていた。龍三郎の身辺は、ひっそりと変わりもなく穏やかな日々が過ぎて行く。

奉行所に顔を出しても、このところ、江戸庶民を震撼させるような押し込み強盗などの大事件も起こらず、何の変化も感じない。

岡っ引き弥吉も、毎日一度は組屋敷に顔を出すが暇を持て余していた。定町廻り同心ではなく、隠密廻り同心の龍三郎であるから、定期的な奉行所出仕は必要ではなかった。

伊之助は相変わらず、八丁堀の湯屋〈桜湯〉で髪結いの仕事に精を出し、細々とした噂話を拾い集めて来る。

お藤は常磐津の稽古で集まって来る組屋敷内の与力・同心仲間の娘たちや、三味線や小唄の稽古に通って来る粋筋の町人たちを教えることで憂さを晴らし、芸者時代の血が騒ぐのか、浮き浮きした風情だった。

龍三郎は、毎早朝の、真剣を振っての独り稽古に抜かりはなかった。何の変哲もない平穏な日々が過ぎて行った。

冬の陽が落ちるのは早い。雪模様の薄ら寒い、まだ七つ（午後四時）を回ったばかりの時刻――。

「お藤、今帰ったぜ。雪でも落ちてきそうな案配だなぁ。夜は何か温けぇ鍋にしてくんな……お～い、お藤ィ」

返事がない。感応寺の件があったから、龍三郎はぞっとした。

続いて三和土を上がって来た弥吉が、奥様ぁ、内儀さ～ん、と声を張り上げたが答えはない。弥吉が強張った顔で振り返って云った。

「旦那、お内儀さんは昼間、どっかへ出掛けるようなことは仰(おっしゃ)っていやせんでしたかい？」

「そうよなぁ、日本橋の贔屓(ひいき)の呉服屋へ、誂(あつら)えた着物を受け取りに行くみてぇなことは云ってたなぁ」

「それにしちゃぁ、チョイと遅う御座んすねぇ。あっしが行って見て来まさぁ。丸越屋(まるこしや)で御座んすね」

慌てて出掛けようとする弥吉と、ちょうど桜湯から戻って来た伊之助が玄関で鉢合わせた。

「おっとっと、何でェ弥吉っつぁん、行灯(あんどん)の灯(ひ)も点(つ)けねぇで」

「おぅ、アニさん、奥様がいらっしゃらねえんだ」

「何をッ？　さっき昼飯は喰わせて頂きやしたぜ。あれから後、どっかへお出掛けに……？」

「おぅ伊之、オメエの方が足は速(はえ)ぇや。日本橋の丸越屋だ。行って見て来てくんな、確かに来たかどうかってな」

「へえッ、お任せなすって！　もうこんな暗くなろうってぇのに……以前のことがありやすからねぇ……」

ぶつぶつ呟きながら、飛び出て行った。

主従三人、思いは一緒だった。不吉な影が頭をもたげた。

もしや、お藤が攫われたのか？　今までこんなことはなかった。

——血相変えた韋駄天の伊之助が戻って来た。

「旦那ッ、奥様は確かに今日、丸越屋へ出来上がった着物を受け取りに顔を出してやすぜ。けど、八つ半（午後三時）にはお店を出てお帰りになったそうで、どっか序でに回ってみようとか、別の御用事はなかったんで？」

「そうよなぁ、聞いてねえなぁ」

日本橋の呉服屋丸越屋を、八つ半に出たという。そこからついぞその姿はぷっつりと搔き消えた。

弥吉も十手の風を吹かせて、聞き込みに走り回った。

しかし、足取りは途絶えて、消息は煙のように消えてしまったのだ。

流石の龍三郎も、これは堪えた。唯一の弱みだった。

我が事ならば対処は如何様にもなる。だが、女房の身に勃発した変事は防ぎようがない。

油断していた。このところの平穏な暮らしに気が緩んでいたのだ。お藤一人で外へ行かせるべきではなかった。悔やんでも悔やみきれない。

（狙うのはこの俺の命だけだろうに、俺にとって最も弱いところを衝いて来たのか……。今のところどうする術もない。敵はどう出てくるか？　待つより仕方がないのか……）

──悶々と眠れぬ夜を過ごした。

目を閉じても悪いことばかりが去来して、お藤の救いを求める切ない顔が瞼の裏に浮かぶ。

寝返りを幾度となく繰り返し、いつも傍に居て当たり前の姿が見えないというこの状況が、（ああ、俺はお藤をこれほど……）と、思い知った一夜だった。

まんじりともせぬ朝を迎え、刀を振らずにはおれなかった。

裏庭で、姿の見えぬ敵を斬りに斬った。しかし心のどこかにお藤がいた。

久し振りに通いの女中お里が朝餉の賄いをしてくれ、伊之助と二人、味気ない朝食を摂った。伊之助が、箸を舐めながら、お里に云った。

「お里小母ちゃん、久し振りにオメエさんの作った味噌汁を飲んだが、チョイと味が濃いんじゃねえか？」

嫌味を云う伊之助に、頬っぺたを膨らませてお里は言い返した。

「そりゃそうで御座いましょうよ。あたしら下々の味噌汁とはお味も違いましょうねぇ。お久し振りなんで、旦那様のお好みの味ももう忘れてしまいましたよ。あたしゃ伊之さんが味が濃かろうが薄かろうが、関わりは御座んせん。奥様はどちらかへお泊りでお出掛けなんで御座いますか？」

「お里小母ちゃんッ、煩えんだよオメエさんは。その口を閉じろィ！　じゃねえと、そのデッケエ口を上下張り付けて縫っちまうぞ」

「おお、怖ッ、はいはい黙りますよ。けど、ウチの亭主はあたしの味噌汁を旨ぇ旨ぇと毎朝喜んで呑んでくれてますよ」

「まだ云うかッ、コン畜生ッ」

　味噌椀を振り上げようとする伊之助を、おいおい伊之ッ、と龍三郎が止めた。へ～い、と伊之助は不味そうに味噌汁をグビリと呑み干した。

　箸も進まぬ膳を囲んでいた五つ半（午前九時）頃、羽織袴に威儀を正した武士の訪いを受けた。

「御免。此方は北町奉行所同心結城龍三郎殿のお住まいとお見受け致す。それがしは、大奥広敷役人、大野定八郎と申す者。使者として果たし状を持参致した次第。お受け取り頂きたい」

礼を弁えた挨拶であった。お里が上がり框に膝を突き、旦那様は只今お食事中で……と挨拶する後ろから、龍三郎が立って来て云った。

「拙者の家内をかどわかした方々のお一人か。よくぞ正々堂々とわが家に参られたな。その果たし状とやらを頂こう」

右手を差し出し封書を受け取る。

斬り付けるならば今なのだが……その気配はなかった。

面ずれの痕が額と鬢にくっきりと残り、険しい顔付きの武士であった。

男が三和土から上目遣いで見て云った。

「ご返事は必要御座らぬ。では、御免」

立ち去る姿を見送り、朝餉の席に戻った。封書を開く。左封じだった。

伊之助が箸を握ったまま四つん這いで首を伸ばして来る。お里も脇にしゃがみ込み気掛かりそうに覗き込む。二人に読んで聞かせた。

『……貴殿の奥方お藤殿を、確かにお預かり申し上げ候。卑怯未練と思し召すやも存じませぬが、理由あっての事。以降の詮索は御無用に願いたし。奥方には何の危害も加えぬゆえご安心頂きたい。ついては、明日巳の刻（午前十時）小石川伝通院にてお待ち申し上げ候。当方は二十名の武士がお迎え致す。なれどお手前はお奉行所の御助勢の方々はお連れなさらぬ方が宜しかろうと存じ候。御手前一人の御命が目当てで御座る故。御異存なければ是非にもお越し頂きたい。奥方は間違いなくお返しすること、お約束仕る。尚、飛び道具は御懸念無きよう。右、大奥御庭番黒鍬組組頭、多田光右衛門利貞』

「う〜む」

龍三郎は、顎を撫でて暫し沈思した。

「旦那、あっしがひとっ走り探って参りやしょうか？　境内の広さとか足場はどうか、なんてね」

「おぅ、頼む。オメエの目で見て来た感じを教えてくんな。地の利を知れば百戦殆からず、だ」

「へえ、では早速……」

言うや否や飛び出て行った。

入れ違いに格子戸がカラッと開いて弥吉の顔が覗いた。

「旦那、お早う御座いやす。今、朝飯ですかい？　たった今そこで伊之さんとすれ違いやしたが、オイラの顔も見ねぇでどっかへ素っ飛んで行きやしたぜ。ひょっとすると、奥様のことで何か分かりやしたんで？」

「おう弥吉、上がんねぇ。これを見てみな。今な、大奥の広敷役人とかって云うのが持って来やがった」

弥吉が、封書を取り上げ、こいつぁ左封じ、と呟いて、丁寧に開き、読み出した。ハッと上げた顔は緊張に強張っていた。

「だ、旦那ッ、こりゃぁ……この呼び出し状は……相手は二十人ですかい？　それも、御庭番ばっかり……」

「そうだ。敵は臆面もなく、お藤を拉致し、二十人で待ち受けると宣言している。多勢に無勢……分かっていても受けねばなるまい。こっちぁ孤立無援、命を懸けた取引だ。それ相応の手立てを考えにゃなるめぇ」

「旦那ァ、こういう時こそ、お奉行様にお縋りして、ご老中に手をまわして頂くとか、上からの……」

「おいおい、弥吉、オメエ俺の気性をまだ分かってねぇな。俺は行くんだよ」

四

翌る朝、雲は低くどんよりと垂れ込め、今にも白いものが落ちて来そうな雪催いの天気であった。

伊之助、弥吉に手伝わせて、鎖襦袢を着込んだ。まさか、待ち構える二十人の手練の武士を相手に、いつも通り素足に雪駄履き、着流しというわけにはいかぬだろう。今日は、今までの盗人、ごろつき、無宿人、素浪人とは違って、剣術の心得がある武士の多勢を相手にたった一人で斬り合うのだ。

上半身は右腕の甲、手首から腰まで鎖を着込み、垂れ下がる左腕の鎖は帯に挟み込んだ。

下半身は、敏捷に動けることを第一義として足拵えは軽装に整える。裁着袴の裾を脚絆のように絞って縛り、皮足袋、草鞋履き。

鎖脛当ては用いない。まず自在に走れる事。前後左右への足捌きが思うがままに出来る事。乱闘の中に在っては、足が動かなくなったらお仕舞いだろう。毎早朝の一人稽古で身に付けた鍛錬の成果を信ずるのみ。

そしてもう一つ、胴田貫の鍔の飾りの隙間に皮の紐を通し輪を作った。その輪の中に手首を入れてひと捻りして柄を握れば刀は掌から放れることはない。これを〈手抜き緒〉という。

柄の目釘は二カ所鉄釘でしっかり留め、湿らせてぐらつく事はない。

備えあれば憂いなし、龍三郎としては、充分なる備えと覚悟を持って今朝の果たし合いの時を迎えた。

やはり、粉雪がぱらついて来た。寒風に吹かれ上空で雪が渦を巻いて舞っている。

五つ（午前八時）には伊之助、弥吉を供に組屋敷を出た。

懐には、竈で焼いた石を幾重にも布で巻いて包み、それを右手に握ってかじかまぬよう、温めていた。冷たさで手指が凍っては、刀柄は握れない。温めてあれば血が通い、しっかりと柄を握れる。

目指すは、小石川伝通院——安藤飛騨守上屋敷横の急坂を登って春日通りに出ると、向かいに伝通院の山門が見える。

徳川将軍家にとっては、増上寺に次ぐ重要な菩提寺と謂われている。

神君家康公の生母於大の方、二代目秀忠の息女千姫、三代目家光次男亀松君、

家光の正室孝子（たかこ）、家康公側室於奈津（おなつ）ら、徳川将軍家ゆかりの錚々（そうそう）たる人物が供養（くよう）されている。

何故こんな場所に呼び出され、こんな場所で命の遣（や）り取りをせねばならぬのか？　お上の威光の下に平伏させようとの意図か？

十万坪の広大な境内、山門から本堂までの間に、松、欅（けやき）、桜、杉の木などが植えられ、今は、白一色の雪景色だ。誰も足を踏み入れていない雪の境内をサクサクと踏みしめて、主従三人は本堂を目指した。

と、本堂の後ろから、天辺に雪を溜めた黒い塗り笠を被り、和紙に桐油（きりあぶら）を塗った柿（かき）色の合羽（かっぱ）を纏った武士の集団が二十名、ずらりと並んで姿を現わした。

その中の一人にお藤が腕を摑まれ、立ち竦んでいた。

儚（はかな）げなその立ち姿に、龍三郎の胸は締め付けられるように震えた。

中央に位置する目付きの鋭（するど）い侍が掌を前に突き出し、龍三郎たちの歩みを止めた。その距離、十間（約十八メートル）——。

「よくぞ参られた。約定（やくじょう）通り、貴公の御内儀（おないぎ）はお返し致そう」

背後を振り返ってお藤の腕を摑む武士に顎をしゃくった。昨日、果たし状の使者として訪れた、大野定八郎と名乗った武士だった。

その大野に背を押されて、お藤はよろめくように此方へ歩み寄って来る。両腕でわが身を抱え小刻みに震えながら、しかしその眼はひたと龍三郎を見詰めている。

龍三郎らの二、三間手前で、伊之助と弥吉が進み出て、両脇から支えるように迎えた。途端にお藤の躰が安堵したのか、崩れ落ちそうに緩んだのが分かった。

龍三郎が、泣き出しそうなお藤の顔を見遣り、安心させるように頷いた。

そして、前方の侍に云った。

「おぬしが黒鍬衆組頭、多田光右衛門殿で御座るか？」

その偉丈夫が、二、三歩足を踏み出し、云った。

「いや、それがしは、副長野沢節之丞で御座る。組頭は止むにやまれぬ火急の用件で、江戸を出立致した。手立ては我らに託し、想いを残して出張った。それがし野沢が本日の指揮を執る」

「何の条件も付けずに妻をお返し頂けたのは、誠に忝い。ついては、この付き従うそれがしの配下二人も、共々にお目こぼしを願いたい。それがし一人の命が御所望なので御座ろう」

「天晴れなる御覚悟。お望み通りそちらのお三人には手は出さぬ。いざッ」

黒の塗り笠と柿色の合羽を棄てて、股立取った五人の侍が進み出て来た。

襷掛け、鉢金入り鉢巻、鎖脛当て――。

（相手も鎖帷子を着込んでいる！）

龍三郎にとっては、思わぬ誤算であった。

〈介者剣法〉という剣法がある。戦場で鎧甲冑を着込んだ敵を相手にする場合、狙うは露出している頸と手首、脇の下、股間、足首、足の甲。

しかし、この胴田貫は斬り裂くのではなく断ち斬る刀だ。甲冑の上からでも叩き付けて鎖の上からでも斬れる。否、斬るのだ。

愛刀〈胴田貫肥後一文字〉。反りの浅い、身幅は広く、重ね厚く、平肉が付き、切っ先の伸びた、どちらかと云えば武骨な田舎臭い姿の実用刀である。

近頃の〈素肌剣法〉と謂われる触れただけで切れる剃刀のような薄い鋭い刃ではないが、見た目通りの豪刀、実戦刀だった。

敵は龍三郎一人を二十人で押し包んでも、お互いの刀が触れ合って傷つけ合い同士討ちになってしまう。それを避けるために五人ずつの波状攻撃の策を立てたのだろう。

龍三郎の戦法は、何十人の多勢と対峙しても、ただ目の前に立つ相手一人ずつを斬り倒していくのみ。

まずは一瞬たりとも立ち止まらぬこと、走り回ることが肝要となる。

矢張り御庭番の職に就く武士ならば、剣術の心得は勿論、稽古で刀刃の鋭さ、速さは体得しているだろう。

しかし比べて、龍三郎のように幾十度の白刃の下に身を晒して生死の狭間を潜り抜けての体験があるやなしや――？　それこそが、生死を分ける境目なのだ。

場数を踏んだ者が優勢なのは当然のことだ。切っ先の届く間合いに入れるかどうか？　刀刃の下に身を晒す覚悟があるか否か？　肉を切らせて骨を断つ胆力が具わっているかどうか？

まさに――。

龍三郎の行く手を阻んだこの一党は、ただの刺客陣ではなかった。五人が一列、一間の間隔をとって、整然と歩み来るその静かな陣形は、前者が斃れれば後者がその屍を乗り越える文字通り決死の覚悟の程を示していた。

龍三郎自身――この伝通院が遂に、俺の死に場所になるのかと、己に云い聞かさざるを得なかった。

五人の武士が、整斉と左手で鞘の鯉口を握って進み出て来た。

しかし、龍三郎は彼らの躰の強張りを見て取った。真剣勝負は多分初めてなのだろう。龍三郎は懐から、布で包んだ焼き石を取り出し、放り捨てた。既に手指は、充分温められている。凍えてはいない。

（先んずれば制す……）

それは一瞬後、気合の声もなく、攻撃の喊声もなく、いきなり始まった。

龍三郎が雪を蹴立てて突っ込む。

正々堂々と攻撃の合図をし、名乗るなど愚の骨頂。斬る、先に斬るのだ！

斬らねばこちらが殺られる。待っていることはない。

〈手抜き緒〉の輪に手首を入れてひと捻りして柄を握り、愛刀肥後一文字を抜刀し、五人一列に並ぶ真ん中に飛び込んでいった。

いとも容易く右側の侍の首を逆袈裟斬りではね飛ばし、左側の侍が上段に振り被った手首を斬って捨てた。

あまりの手練の早業に慌てふためく残りの三人の中に斬り込んだ。龍三郎の迫る勢いにドドッと後退し、二人が足を滑らせて仰向けに転倒した。

駆け寄り、一人の足首を斬り、もう一人の足の甲に剣尖を突き刺した。

命は助かっても、最早動くことは出来ぬ。堪えようのない絶叫を漏らし、雪の中をのたくる。

振り返ると残った一人が、昨日の使者大野だった。怯えの走った眼を見開いて腰を引いた格好で刀を突き出している。情けは無用だ。獣の如く跳躍して、大野の柄を握った小手を斬ると、刀を握り締めた両手首が飛んだ。

「それッ、次！　仕留めろ！」

野沢の叱咤の声が背後で起こり、と同時に、新手の五人が雪を蹴立てて襲い掛って来た。一瞬の間も置かず、息も継がせず一人二人と斬り込んで来る。

龍三郎はいつもの様に、躰の動くがままに、流れに任せての当たるを幸い斬り飛ばす、という訳にはいかぬ。

斬る場所を間違えると、刃が相手の鎖帷子を叩くからだ。

後ろから斬り込んでくる侍を、振り向きざまの片手殴りの水平斬り、鉢金入りの鉢巻きを締めた額から上の、髷を結った頭蓋が皿のように飛んだ。脳漿が零れて、立ったまま死ぬ。

突いて来る切っ先を躰を捻って躱し、眼前に流れた相手の頸を斬り下ろした。

首の無い死体が、一間ほど走って突っ伏す。

龍三郎は、出来得る限り、無残に斬り殺している。

刃向う士気を奪い、恐怖感を覚えさせるために――。

真剣での斬り合いは、道場剣法、竹刀稽古とは全く別物だ、という事を思い知らせる。如何に道場で妙技を揮う剣士でも、真剣を前にしては、五体は強張り、身は竦み、剣先を相手に届かせることさえままならぬものだ。鍔元で斬るくらいの気持ちで踏み込んで丁度よい。それが白刃を眼前にして可能かどうか？　眼の眩むような日本刀の切れ味を知れば、誰もそう簡単に切っ先の届く間合いには身を晒せぬものだ。

肉を切り骨を断つ手の感触を躰が知っているかどうか――龍三郎と彼らとは、その技倆の点で数段の差があった。しかし……。

カキーンッ。

（しまったッ！）

愛刀胴田貫が鍔元から折れた。

二人同時に斬り込んできたのを、右は首を斬り飛ばしたが、左は間一髪、躰を避けながら、思わず物打ちで鎖帷子を叩いてしまったのだ。余裕がなかった。咄嗟の反応だった。

相手の鎖を断ち、骨も断ち斬ったが、刃も折れた。流石は胴田貫、鎖も断ち切る！　愛刀胴田貫の切れ味の凄まじさを改めて思い知った。

だが、折れた刀にいくら未練を持っても仕方がない。すかさず手抜き緒から手首を外し、愛刀を投げ捨てた。

（さらば、肥後一文字よ！）

突如、背中に衝撃を受けた。その斬撃の重さにガクッと片膝突いた。

相手の刀は龍三郎の着込んだ鎖襦袢で、折れ飛んだ。振り向くと、真近に勝ち誇ったような顔があった。折れ残った七、八寸の刃で龍三郎の頸を斬り裂こうと振り上げたところだった。右肩で相手の腹に体当たりした。

そ奴は両足を空中に投げ上げて、仰向(あおむ)けに一間ばかり後ろへぶっ飛んだ。

龍三郎もまたその一間を飛んだ。圧(の)し掛かって、既に鯉口を切ってある代わりの脇差を抜いて頸を突き刺した。細い血筋が噴き上がった。白目を剝(む)いて絶命した。

「死ねッ」

背後からの斬り込みの声に、左側に身を投げる。寝転がったまま横ざまに、踏み込んできた敵の足首を斬り払った。足首という土台を失った相手の上体が覆い被さって倒れてきた。

ゴロッと反転して避け、片膝突いて、迎える態勢を取る。

見れば、次の五人が、六尺の短槍(たんそう)を手に駆け寄って来るところ——。

(お次は槍の遣い手ということか……)

龍三郎の一尺八寸の脇差に対して、敵方は六尺(一・八メートル)の手槍が五本だ。一列に槍衾(やりぶすま)を布(し)かれて同時に突き刺してこられたら、防ぎようがない。六尺の間合いの外から一斉に繰り出される五本の穂先を、一尺八寸の脇差一本では太刀打ちの仕様がない。

待ち構えてはいられない。走った。足はまだ軽々と動く。早朝の峻烈(しゅんれつ)な一人稽古の賜物だ。全力で走った。五本の槍を一度にではなく分散させるのだ。

(一撃必殺——!)

エイッ、と後ろから突いて来る槍の一尺の穂先を峰(みね)に返して跳ね上げ、けら首を切り落とした。刃筋が立っていなければ樫(かし)の棒は切り落とせぬ。

穂先の無い槍なんぞは六尺棒と同じだ。槍を投げ捨て刀柄に手を掛けたそ奴の胸元に飛び込み、頸筋を斬り裂いた。鮮血が真っ白の雪を染めた。

既に辺り一面、純白の雪に血飛沫が飛び散って、あちこちに真紅の花が咲いたように、大地を彩っていた。

振り返ると三人が横一列に並び、穂先を揃えて槍衾を布き、同時に突いて来る策が見て取れた。突いて来るのを待ち構えて居ることはない。此方から斬り込む。峰で二本の穂先を矢継ぎ早に払い上げ喉を斬り裂く。ヒュッと霧の如く敵の血が眼前を奔った。避けようのない返り血を眼に浴びた。

一瞬眼を閉じた。見えない。真っ赤な靄が掛ったような――。

刹那、穂先が鼻先三寸を掠めた。のけ反って避け、たたらを踏んで眼前にある相手の後ろ頸を叩き斬った。ゴロンと首は前に落ちた。胴田貫の切れ味の鋭さは、脇差に変わってもゾッと総毛立つような手応えだった。

一人残った槍持つ侍が息を弾ませて短槍を構えている。

が、顔面蒼白、その槍を握る手は、ぶるぶる震えている。既に戦意は喪失していた。が、無慈悲に一歩踏み出した。そ奴の顔面が泣き面で震えた。

その泣き顔を真向唐竹に斬った！　同時に、

「待てぃッ」

と、制止の声が響いたが、一刹那遅かった。斬り下ろす刃の勢いは止めようがなかった。

（残るはあと六人……）

振り返ると――中央の野沢節之丞が進み出た。

「恐れ入ったお見事な腕前、とっくりと拝見仕った。到底(とうてい)我らの及ぶところでは御座らぬ。これ以上、配下の者を無駄死にさせるのも忍びない。それがし一人にてお相手致そう。この決着が如何様になろうとも本日はこれにて落着。その後は我らの与(あずか)り知らぬ事。宜しいかな。……いざ」

雪を被った塗り笠と合羽を脱ぎ捨て、スラリと腰に帯びた大刀を抜いた。正眼(せいがん)に構えた姿には一分の隙も無い。

眼前に伸びた剣尖の陰に隠れて、野沢の形が見えない。それほど、大きく、迫る剣先だった。

龍三郎は右手一本の地摺(じず)り下段――無防備な隙だらけと見るか、力の抜けた余裕と見るか――間合いは一間、互いに、一歩踏み込めば剣先は届く。

しかし、正眼の構えは、守りの構えでもある。

斬り込むにも、一挙手、余計な動きが要る。上段から斬り込む為には、振り上げねば斬れぬ。胴斬りを狙うならば、刀を横に返し、払わねばならない。突くには手元に引かねばならぬ。反動を付けねばならない。

その点、龍三郎は地摺り下段――一挙手、余計な動きが要らぬ。

待って居る様でいて、いきなり下から斬り上げて攻撃が叶う。

刀を上に振り上げたり、横に引いたりの無駄な動きが要らない。

息の詰まる睨み合い数瞬――野沢節之丞の眼には何の表情も見えない。

殺意も、闘志も、恐れも、何も――無表情だった。石の如く不動。

刹那、静寂の空気が一瞬揺れた。龍三郎の小手を狙って切っ先が回った。

後の先！　右足から踏み込んで車に廻した龍三郎の剣尖は、野沢の喉笛を右から左へ斬り裂いていた。

棒立ちのまま血飛沫を雪上に撒き散らしながら、ドッと倒れた。

野沢節之丞、見事な一騎打ちの対決だった。

残った五人の侍に眼を遣る。皆、呆然と立ち竦んでいた。

彼らを指揮する首領が、息詰まる一対一の対決の後、見事に斬り斃された。

うむ？　その中に、過日、正月六日、八丁堀組屋敷を御中臈雲井の方と共に訪った野尻八郎兵衛と古坂孫市の顔が雪を被った笠の下から判別出来た。

彼らも御庭番黒鍬衆の一員であったのか、との思いが心に影を落とした。尋常ならざる大奥の広敷役人を敵に廻しての闘争は如何なる結末を迎えるのか？

背後には御側室お美代の方と結託した若年寄永井尚佐が控えている。その配下の御庭番たち——。

流石の龍三郎も暗澹たる気分は拭い去ることは出来なかった。

手に汗握り、顔面蒼白、硬直して決闘を、果たし合いを見ていたお藤、伊之助、弥吉の三人が雪の中をこけつまろびつ龍三郎の下に駆け寄って来た。

お藤が縋りついた。

「お前さんッ」

その瞼は泣き濡れていた。

「旦那ァ」

伊之助も弥吉も泣いていた——。

雪は相変わらず、横殴りの粉雪となって吹き、舞い、躍っていた。

五

果たし合いの翌る朝、龍三郎は、桜湯でゆったりと湯に浸かり、昨日の斬り合いの疲れを癒やしていた。背後から一撃喰らった。鎖襦袢を着ていたのに、それでもかなりの打ち身で紫色に腫れ上がっていた。が、命に関わるほどの痛手ではない。数日で腫れも痛みも引くであろう。

湯船の手の届く縁には、油紙で包んだ鯉口切った脇差が置いてある。洗い場でも、髪結いの板場でもそれは同じだ。

過日、湯船の中で畳針で襲われてからの教訓だった。用心するに越したことはない。

いつ襲われるとも限らないこのところの危機に晒された日々を考えれば、それは武士として当然の備えだろう。

鎖帷子を纏った敵を叩き斬り、折れてしまった大刀は、あのあと、日本橋の研(と)ぎ貞(さだ)に出掛け、同じ山城国(やましろ)粟田口(あわたぐち)の刀工、来国俊(らいくにとし)が鍛(きた)えた逸品、同じ胴田貫を求めた。

折れてしまったと聞いて、主人貞之丞(さだのじょう)は仰天していたが、生憎(あいにく)、只今はそのような名刀は置いていない、力を尽くしてお探し致します、と約してくれたが、

何時になることやら――？

折れず、曲がらず――名刀工、来国俊に惚れ込んでいる龍三郎としては、何としても喉から手が出るほど胴田貫が欲しかった。

（幸い、一尺八寸の脇差は残っている。寸足らずだが同じ来国俊の鍛刀の胴田

貫。良しとするか……）

朝湯の後、奉行所を訪った。昨日の雪が融けて埋め立て地の奉行所表門前は、相変わらずどろどろの泥濘だ。同心たちの巻き羽織も泥撥ねが飛ばぬよう余計高く角帯に巻き込まれたことだろう。

朴歯の高下駄を履き、八つ（午後二時）過ぎに表門を潜った。

目敏く龍三郎の姿を見付けて中間の作蔵が走り寄り、

「結城様、お出でなされませ。殿様がお喜びで御座いましょう。ささ、どうぞ、お上がりくださいませ、案内致します」

「おぅ作爺、いつも済まねぇな。御前は御用繁多ではないのか、お城から戻られているか」

「はい、只今は、御中食もお済みなされて、御休息中で御座います」

「そうかい、じゃぁ頼まぁ」

広く長い廊下を作蔵の後ろを歩く。作蔵が深い皺の入った首を振り向かせて云った。

「結城様、御腰のものは如何なされました？　脇差だけとは初めて拝見致します」

「おぅ、気が付いたかい。作爺、よく見てるじゃねぇか……折っちまったんだよ」

「ええっ？　左様な事が……信じられませぬ。結城様ともあろうお方が！　あれほどお大事になされていらっしゃったお刀を……」

「俺だから、折れちまったんだよ。何だ洒落てる場合じゃねぇな」

奉行忠之の居室の前で、作蔵は跪いて室内へ声を掛けた。

「殿様、結城龍三郎様がお出でで御座います」

「おぅ龍三か！　ささ、入れ入れ」

嬉しげに弾んだ忠之の声が迎えた。作蔵が障子戸をスルッと開けてくれる。

立ち礼で座敷に入ると、脇息に凭れ、火鉢を抱え込んだ忠之が招き寄せた。

「さぁ、龍三、近う近う」

「御前、どうやら命を取り留めまして御座います」

龍三郎も火鉢に手をかざして、寒がり同士が向かい合った。

「聞き及んでおる。凄まじい斬り合いであったとか……伝通院の境内が辺り一面血に染まったらしいのぅ。よくぞ、命を奪られなかったものよ。聴かせてくれ、どのような戦いであったのだ」

忠之ほど武勇伝を聞くことが好きな奉行もおるまい。いつもそうだ。龍三郎は一部始終（しじゅう）を話して聞かせた。

「何ッ、そちの刀が折れたか！　あの、武士の魂と、大事に大事にしておった胴田貫が！」

「ハッ、それがしの未熟な腕のせいで……」

「……一年前この座敷で、その胴田貫で目の前で、あの奸物（かんぶつ）、磯貝（いそがい）を成敗（せいばい）いたしたのを見せてもらったからのぅ。で、その差料（さしりょう）の代わりは如何する所存じゃ」

「ハッ、幸い、脇差の方は無事に残っておりますゆえ……」

「よし、わしが八方手を尽くして、その方のお気に入りの胴田貫を探させてみよう」

「いえ、既にそれがしの行き付けの刀匠に探させておりますれば、御心配無きよう……」

「いやいや、わしの眼鏡（めがね）に適（かな）う目利きもおるぞ。そう馬鹿にしたものでもない、頼りにしてもらっても良いぞ」

「ハッ、恐れ入ります。私の方もそれなりに手を尽くしまする」

「うむ。……それよりも、相手が御公儀御庭番という事態がのぅ……抜き差しならぬ異常事態じゃ。御公儀から同じ禄を食む者同士が生死を賭けて戦わねばならぬとは……御老中にご相談申し上げても、如何様にもならぬ。大奥で権勢を揮うご側室お美代の方の息が掛かっておるからのぅ……」

忠之が太い溜息を吐いて続けた。

「訊けば、御庭番黒鍬衆は手勢四百を超すそうだな。彼らが手を替え品を替え、次々と繰り出して来る刺客たちを相手に、その方も一刻も気の休まる時があるまい。わしとしても、どうしてやる事も出来ぬ。無力のわしが歯がゆいわ。ただただ、そちの無事を祈るばかりじゃ」

「御前、何を仰います。どうぞ、頭を御平らに……」

顔を上げた忠之の瞼にはうっすらと涙が滲んでいた。

「御前、この一件、誓って、落着させまする。お任せを！」

「龍三、済まぬ」

忠之の前を辞する龍三郎の心は重かった。そして、大小二刀を帯びていない腰は軽かった。次の胴田貫が入手出来るまでは、脇差のみで大刀は無銘の刀でも仕方あるまいと諦めていた。

六

再び、大奥、千鳥の間――。

絢爛たる調度品に囲まれた一室。そこに佇む女、側室お美代の方。

「結城某とかいう男に、お庭番は敗れたそうな。たった一人に二十人もの御庭番が挑んで……何とも不甲斐無きことよ。神君家康公から二百年余、御庭番も何と弱くなったものか、腰抜け共め！」

傍に控える中臈雲井も、最早何も云えぬ。恐れ入るばかりだ。

「もう良いッ、結城とやらのことはもう捨て置け。いよいよ大望が成就する日が近いやも知れぬ。幼少より誰よりも可愛がり、いとおしんだわらわが娘溶姫……幼き頃より美しく聡明であった。だが、お世継ぎとなれる男子に生まれたらと、思わずには居られなかった」

「はい、わたくしも御幼少よりそのご成長をつまびらかに御見守り致して参りましたが、何と可愛らしゅう、ご利発なお子様かと、行く末を楽しみにしておりました」

「その溶姫が輿入れし、前田百万石で男の子を産んだのじゃ。犬千代……何と英明な……幼き溶姫が男に生まれ変わったような、まさしく次期将軍に相応しい。わらわは、上様の後の将軍継嗣となれぬものかと、日々考えておったのじゃ」

熱に浮かされたように夢中で口走るお美代の方の眼に宿る野望は、雲井をして満身を総毛立たせ、慄然として見守るばかりだ。

お美代は、つと座敷の隅に置かれた、煌めく装飾が施された豪華な唐櫃に寄った。蓋を開けて、何やら手紙のようなものを取り出し、雲井に差し出した。

「これを、加賀へ」

雲井はそれを恭しく押し戴いた。

「上様の御同意も得ている。お墨付きも頂いたのじゃ。御遺言として上様の花押も押印されている間違いのない密書。これを加賀の溶姫へ届けるのじゃ。今度こそ、しくじりの無いように。御庭番の精鋭で固め、道中気を抜かぬように。良いな！」

「はいッ。しかし、御老中水野様が何やら動いている様子。邪魔立てが入らぬよう、若年寄永井様と綿密なる策を講じまする。ご安心のほどを」

十六歳だったお美代は、大奥に上がって直ぐ、上様のお目に留まり家斉の特別の寵愛を受けることに成功した。将軍の世継ぎ足り得る男児の出生を望んだが、それは叶わず、家斉の二十一番目の女児として、溶姫を産んだ。

以後、将軍家斉の寵愛を良いことに、閨でさまざまの願い事をねだり、実父日啓のために、感応寺という祈禱所を建立させ、住職に納まることに効を奏し、一方養父の旗本中野清茂には重要な大番頭の役付きなど、出世に手を貸し、大奥に於ける権勢は留まることを知らなかったのだ。

大奥の他の女達と同様、齢三十になれば〈お褥下がり〉となり、将軍との同衾は遠慮せねばならぬのにも拘らず、お美代の方は、天性のその手練手管と甘え上手で、終生将軍の寝間に出入りすることを許されていた。

次の〈お手付き女中〉も、お美代の方の眼鏡に適った奥女中のみが決定されるという力も握った。これは長い大奥のしきたりの中でも特筆すべき珍事であった。

長女溶姫が十五歳の時、百万石の外様大名加賀藩前田斉泰に嫁がせた。直ぐに、男児犬千代が誕生したが、将軍実子ではない、孫なのだ。しかし尚、大奥での権勢を固めたい美代は、家斉に孫の前田犬千代をいずれ将軍継嗣にして欲しいとねだり、その約定を家斉の遺言書として偽造までした。

元々、将軍職を継承するには、直系の徳川が途絶えた場合には〈御三家〉の尾張藩、水戸藩、紀州藩の姻戚から決定するとされていた。しかし、八代将軍吉宗の時、御三家と将軍家の血縁が薄くなってきたことから、〈御三卿〉、田安徳川家、一橋徳川家、清水徳川家が、後継者を提供する役割を担っていた。

お美代の方の飽くなき野望は、譜代でもない外様大名前田家へ輿入れさせた娘の子を何としても次期将軍の座に据えようと、無理難題を推し進める暴挙だった。

お美代の方は若年寄永井尚佐を手懐け、若年寄支配下の御庭番黒鍬衆、多田光右衛門利貞を頭に、密書を携えさせ、加賀国へ向かわせるという策略に出たのだ。それは、孫の前田犬千代を江戸城に迎え入れ、今から将軍としての帝王学を授けようとの謀略であった。

七

北町奉行榊原忠之の中間作蔵が、殿様の火急の御呼び出しで御座います、と八丁堀の組屋敷へ駆け込んで来た。

龍三郎はすぐに忠之の前へ参上した。

「龍三、驚くなよ。その方に御老中より直々(じきじき)に、天下を覆すような陰謀を阻止せよ、との指令が下された」

龍三郎は、忠之を見つめ、次の言葉を待った。

「これは、一介の町奉行所隠密廻り同心に与えられるべきような任務ではないが、その方以外完遂出来ぬと白羽の矢が立ったのじゃ」

「御老中、御前の指令とあれば喜んで。して、その指令とは？」

忠之は龍三郎に告げた。

「そなたには加賀藩に行ってもらう」

「加賀……でございますか」

忠之はゆっくりと頷き、その訳を話した。

「加賀藩前田侯の嫡男、犬千代君に関する話じゃ。この犬千代君は、御側室お美代の方のお産みなされた上様のお子溶姫様と前田斉泰侯との間に生まれたお子、つまり上様のお孫様にあたる。そのお子を次期将軍の座に据えたいとの、常軌を逸したお美代の方の謀略が判明した」

龍三郎はあまりに壮大な陰謀に、息を呑んだ。

「御庭番組頭多田光右衛門率いる一行が何らかの書状を持ち、江戸を発って加賀へと向かった。その書状は、おそらくお美代の方から加賀前田侯、溶姫様への密書。その密書が加賀藩へ渡るのを阻止するのじゃ。それには、御庭番らを討ち果たさねばならぬだろう。それともう一つ」

言葉を切って、忠之は一通の書状を目前に差し出した。

「これは御老中より前田侯と溶姫様に宛てた書状。これを携えて加賀国まで赴き、前田侯と溶姫様にお渡しするのだ」

忠之が城中に呼ばれ、老中首座水野忠成より受け取った密書だという。

「引き受けてくれぬか、天下転覆にもなりかねん一大事なのじゃ」

と、水野忠成よりの強っての頼みであったという。

「分かりました。御庭番組頭多田光右衛門らを斬り捨て、お美代の方からの密書を奪い、この書状を前田候にお渡し致します」

龍三郎は深く頭を下げながら、言葉を続けた。

「身命を賭して、お引き受け致します」

龍三郎に与えられた任務は、過酷を極めるものであった。

悦ぶべきは、待ち望んだ胴田貫を忠之が入手してくれた事だった。

身幅の広さ、一寸一分五厘（約三十五ミリ）、重ねは厚く三分（約一センチ）、平肉が付き、作風は板目肌、焼き幅広く、沸えでき、大湾れ、互の目乱の切っ先の伸びた、どちらかと云えば武骨な実戦用の豪刀であった。銘は〈肥後胴田貫正國〉、以前の〈肥後一文字〉に勝るとも劣らぬ業物であった。

刃渡り二尺二寸（約六十六センチ）と、右手一本でも日頃の鍛錬の膂力であれば充分に振るえる。龍三郎にとっては、百万の味方を得た心持ちであった。

さらに、ひと月に及ぶと思われる加賀国までの往復旅の賄いの金子として、従者二人を伴っての特別の旅手当という名目で、百両を下賜された。

奉行忠之には心から、熱く厚く御礼し、押し戴いて奉行所を後にした。加賀藩に向かう御庭番黒鍬衆を追う支度をするために——。

多分、中山道を択び、そのあとは北国下街道だろう、と読んだ。

日本橋から、本庄、高崎、碓氷峠、信濃追分、善光寺街道から北国下街道。越後高田から糸魚川、親不知の難所、越中魚津、高岡、加賀国の道筋だ。

江戸から加賀国まではこの道中が最短距離だが、容易な道のりではない。距離にして百二十里（約四百八十キロ）ほどもある。

江戸から加賀まで百二十里。前途には多数の川が待ち構えており、巾三間以上の川が八十四ヶ所も横たわり、それらすべてを渡河せねばならぬ。越中の片貝川、信濃の犀川、千曲川などで、大雨が降れば、直ぐに川止めになる。そして次には、天下の難所として知られている親不知の細い崖沿いの道も歩かねばならない。前途多難の旅が横たわっているのだ。

そこを、龍三郎一行は往く。

忠之からの指令を受けたその日の夜――。

お藤とは今生の別れになるやも知れぬと水盃で別れを済ませた。

「お前さん、龍さん、必ず戻って来ておくれよ。ひと月半経っても戻って来なかったら、その時はあたしもこの世にゃ居ないよ。龍さんの居ない世の中なんて何の未練もありゃしない……独りでなんて生きていけやしないもの……」

凍えるような冷たい布団の中で、龍三郎の胸に顔を埋め、隙間もないほどぴったり肌を重ねて、涙ながらに咽ぶお藤が愛おしく龍三郎は優しく力付けた。

「お藤、おめえを残してオイラが先に逝っちまうなんてことぁ決してねぇ！　お役目を果たして笑って帰って来るよ。安心して待っていな。なっ！」

お互いの肌を密着させ、別れを惜しんだのだった。


翌る朝、伊之助が緊張の色を漲らせて駆け込んで来た。

「旦那ァ、奴ら、昨日の明け六つ（午前六時）に出立したらしいですぜ。黒鍬屋敷の真ん前の自身番の番太から聞き込みやした。物々しい出で立ちだったんで、眼ェかっ開いて見てたらしいんで。頭らしい侍を先頭に総勢十三名、黒ずくめの装束で日本橋の方へ向かったそうで。間違いねえ、中山道を行きやすぜ」

「クソッ、一日遅れたかッ。よし、直ぐにこっちも出掛けるぞ」

旅支度の用意は全て整っていた。睦月の寒さに耐えて、江戸よりもなお寒い北国の加賀国へ向かうのだ。

いつもの着流し、素足に雪駄履きというわけにはいくまいと、厚手の綿入り黒木綿の袷の着物、ぶっ裂羽織に野袴、手甲脚絆、皮足袋に草鞋履き、頭には雨雪をしのぐ塗り一文字菅笠、和紙に油を塗った柿色合羽を羽織り、腰の大小には瞬時に抜刀出来るように鍔元を紐で結ばずに柄袋を被せ包んだ。

肩から斜めに背負う打飼いには、矢立、鼻紙、房楊枝、路銀百三十両など、細々した日用品を――。

伊之助、弥吉が従者として交代で担ぐ挟箱の中には着替えの着物をそれぞれ二、三枚ずつ、下着二、三枚、替え草鞋、折り畳み提灯、そして伊之助の髪結いとしての必須道具の鋏、剃刀、鬢付け油、巻糸等々――準備は万全だ。

主従三人とも初めての、ひと月に及ぶ永の道中を無事帰って来られるよう、備えに抜かりはなかった。

「伊之さん、弥吉っつぁん、身体には充分に気を付けてね、風邪をひかないように。ウチの人は片腕だから……何かと手を貸してあげておくれよ」

「へえッ、奥様、お任せなすって」と弥吉。

「あっしが付いて居りやすよ」と伊之助。

「じゃ、お前さん……」

見詰め合った二人に、言葉は要らなかった。

「じゃあな、行って来るぜ」

目指すは百二十里彼方の北国加賀国——。

前途に待ち受ける艱難辛苦（かんなんしんく）は如何なるものか——。それは誰も知らない。

今日も江戸の町は空っ風が吹き荒（すさ）び、龍三郎の左袖をはたはたと揺らめかせる。土埃の舞う呉服橋北町奉行所前の道を通り過ぎて、中山道の出発点、日本橋を目指した。

先ほど出立の折に見た、冠木門（かぶきもん）の柱に縋って、泣くまいと必死に耐えながら見送るお藤の姿が龍三郎の瞼の裏から消えなかった……。

第四章　中山道を往く

一

慶長五年（一六〇〇）関ヶ原の戦いで覇権を握った徳川家康は、政治支配力を強めるために、道路制度の改革と準備に乗り出した。朱印状によって各宿場に伝馬の常備を義務付け、道幅を広げて宿場を整備し、一里塚を設けるなどの街道の準備を着々と進めた。砂利や砂を敷いて路面を固めたり、松並木を植えるなども行なわれた。

日本橋を五街道全ての起点と定め、幕府安泰のために江戸を防衛することを目的として、街道の要所要所に関所を置いて通行人を取り締まった。街道は、東海道、日光街道、奥州街道、中山道、甲州街道の順に整備された。

五街道は、それに付属する脇街道と共に諸大名の参勤交代などの公用のために幕府によって整備された道であったが、参勤交代によって宿場をはじめとする街道筋に大きな経済効果をもたらし、やがて庶民の寺社巡りや病治療の温泉旅などにも利用されるようになって益々栄えた。

龍三郎一行が、呉服橋御門の北町奉行所の表門を過ぎたのは、五つ（午前八時）を回っていた。一石橋を渡れば、すぐ目と鼻の先が日本橋だ。

奉行所表門の前で、何処で聞き及んだのか、中間の作蔵が、思いつめた顔で、

「どうぞ、無事の御帰りをお待ち申しております」

と見送ってくれたのが、何時までも心に残った。

南側に江戸城がその威容を見せ、その後方相模の国、遥か彼方には山頂に白く輝く雪を頂いた霊峰富士山が望める。冬の空は透き通った青さで晴れ渡っていた。ただ、風はびゅうびゅうと吹き荒び、吐く息も白く冷たい。

龍三郎主従が、この江戸とも暫しの別れと、北国加賀国へ向かって、御庭番たちから一日遅れ一歩足を踏み出したのは、睦月も終わろうかという厳しい寒さの朝だった。

中山道第一番目の宿場、板橋宿へ向かう。発ってすぐ、神田明神の石段を見上

げながら（ああ、この境内で鵐権兵衛一味七人と剣を交えたなぁ）と思い出しつつ歩くと、右側に加賀百万石前田家の本郷上屋敷の御守殿門の前を通り過ぎた。

　この朱塗りの門は、加賀藩当代領主前田斉泰が将軍家斉の二十一女溶姫を正室に迎えたことを祝して建立されたもので、将軍家の息女を戴いたという権威と誇りを天下に知らしめたものだ。

　龍三郎はこれから、先行する御庭番一行に追い付き、お美代の方の密書を奪い取り、彼らを討ち果たすのだ。また、前田侯と溶姫様に拝謁し、老中水野様の密書を手渡し、稀代の悪女お美代の野望を打ち砕かんがための、加賀国への旅が今始まったのだと、身の引き締まる思いを新たにして、その御門の前を通り過ぎた。

　伊之助に、先に行って様子を探れ、と命じると、あっという間に得意の韋駄天走りでその姿は見えなくなった。

　挟箱を担いだ弥吉と共に、江戸六地蔵の一つが安置された真性寺や、とげぬき地蔵で有名な高岩寺の賑わいを抜けたら、もう最初の宿場板橋宿だ。日本橋から二里半（約十キロ）、この板橋宿で多くの旅人は、残って見送る者と旅立つ者が別れを惜しむ。

やはり宿場町らしく、辻々に駕籠舁(かごかき)や馬方が屯(たむろ)して、客待ちの様子だ。

板橋宿を過ぎると、荒川に突き当たる。戸田の渡しの手前の茶店で、緋毛氈を敷いた長床几(しょうぎ)に腰掛け、伊之助が待っていた。立ち上がって小腰を屈めて云った。

「旦那、奴らは昨日の朝、舟で向こうへ渡ったそうで。みんなで十三人居たとか、船頭から聞きやした」

「伊之、御苦労だったな。これからも奴らの追跡はオメエに任せたぜ」

「へい、承知しやした」

龍三郎は伊之助をねぎらった。

「お〜い、爺(とと)っつぁん、う〜んと熱い茶を三つくんな。それと串団子もな」

伊之助が茶店の奥へ注文した。

熱い茶をふぅふぅと呑みながら、一息入れていると、

「お〜い、舟が出るぞぉ〜」

と、船頭ののんびりした胴間声(どうまごえ)が辺(あた)りに響いた。舟待ちの客がぞろぞろと腰を上げて列に並んだ。戸田の渡し場から五十五間の川幅を舟で渡れば、いよいよ江戸と別れることとなる。

渡し舟は揺れて、十数人の乗り合い客は皆、肩を寄せ合って寒風を避けようと身体を竦めていた。寒がりの龍三郎も襟巻を引き上げ、鼻と口を覆った。右手はいざという時に、指がかじかんで刀を握れぬことのないよう、懐深く帯の間に挟んで温めている。

戸田の渡しから、蕨宿、浦和宿、大宮宿を過ぎ、日本橋を発って約十里（四十キロ）で、五番目の宿場が上尾宿。大名の本陣が一、脇本陣が三軒、旅籠は四十一軒在った。

宿場の入り口の庚申塚の陰にしゃがみ込んで煙草を吸って待っていた伊之助が、煙管の灰をポンと掌で落として立ち上がり、龍三郎と弥吉を迎えた。

「旦那、奴らこの先の伊勢屋って旅籠に宿を取っていたようですぜ。あっしらはその真ん前の大島屋って旅籠を押さえやした。旦那の十畳間一つと、あっしら二人の六畳間一つ、よござんしょ？」

巾着切りあがりの伊之助に任せておけば、こういう道中も万事抜かりなく手配りしてくれ、安心というものだ。この旅慣れた物腰はもしや護摩の灰が本職だったんじゃねぇかと、龍三郎は勘繰った。しかし清濁併せ呑む龍三郎の気性としては、今はいい情報屋の手下として何の不満もなかった。

宿場通りに入ると、もう各旅籠には軒行灯が灯り、温かい雰囲気で、遅い到着に客引きの飯盛り女も必死だ。

「ねぇお兄さん、旦那ぁ、ウチへお泊りなァ。たっぷりとあったか〜くしてあげるよォ」

と流し目を送って手を握って放さない。

「おぅおぅ、姐さんたち、もう俺たちの宿は決まってるんだ。済まねぇな、今度、今度な」

今度はないのに、伊之助は慣れたものだ。手際よく追い払って、大島屋の暖簾を潜った。

「いらっしゃいましィ。遅い御着きで。さぞお寒かったでしょう。お風呂が良い加減で御座いますよ。ささ、お濯ぎの盥をお持ちして」

太り肉の番頭が愛想よく出迎え、女中に湯の足濯ぎ盥を言い付ける。

三尺幅の細い階段を上がって、二階の廊下へ出ると、伊之助が、部屋へ案内に入ろうとする番頭を呼び止めて云った。

「おい番頭さん、湯の後に飯にしてくんな」

部屋に入ると障子窓を二寸ほど開けて、向かいの伊勢屋に目を向けた。

「おう伊之、まず風呂だ。早く温まりてぇ。月代(さかやき)と髭(ひげ)を頼まぁ。その間、弥吉、昨日の奴らの様子を聞き込んどいちゃくれねえか？」

「へい、承知しやした」

二人が声を揃(そろ)えて云った。伊之助の手伝いで旅装を解き浴衣(ゆかた)に着替え、油紙に包んだ脇差(わきざし)を右手に提(さ)げて、風呂場に向かった。

いつぞやの湯船の中で、仕込んだ針(はり)で襲われた教訓を忘れず、いつ如何(いか)なる時でも突然の刺客の襲撃を迎えられるよう準備は怠(おこた)りない。

八丁堀の桜湯の、石榴口(ざくろぐち)を潜って薄暗い風呂場に架け燭台(しょくだい)一つの灯(あか)りも落ち着いた雰囲気でいいが、旅先の檜(ひのき)風呂に浸(つ)かり、冷気で強張(こわば)った筋肉がほぐれる感じはほっとしていい気分のものだ。

毎朝の剣の鍛錬(たんれん)で躰(からだ)を鍛えているから、たった十里ばかりの行程には微塵(みじん)の疲れも覚えなかったが、寒さは苦手だった。

伊之助に、月代と髭を剃(そ)ってもらい、さっぱりとして丹前(たんぜん)を羽織り、夕餉(ゆうげ)の膳の前に胡坐(あぐら)を掻(か)いた。

聞き込みを行なっていた弥吉が戻って云った。

「旦那、奴らは今日の朝は明け六つ（午前六時）の出立だったそうですぜ。伊勢屋の女中に小銭を握らせて聞き込みやした。奴らみんな上も下も、お揃いの真っ黒の装束で、口も利かねえ不愛想な侍たちだったらしいんでさぁ。何処へ行くとも、何の旅かさっぱり喋らなかったらしい。おっかないお侍様たちだったよォ、って女中たちが口を揃えて云ってやした。じゃあっしも風呂を。どうぞ先に飲ってておくんなさい」

気の利く手下を持って、龍三郎も任せておけば安心だった。

障子が開いて、白粉を真っ白に塗りたくった大年増と若い飯盛り女が二人、足付き膳を手に提げて入ってくると、龍三郎と伊之助の隣に膝を崩して座り、早速銚子を手に持ち、

「さぁ旦那、お熱いトコどうぞォ」

と触れなば落ちんの風情で秋波を送りつつ、酒を注ぎだした。

「さぁこちらの旦那さんもどうぞ。おあきと申します」

伊之助がギョッとおあきの名に反応した。

一年前、お秋という名の吉原の遊女に惚れ、身請けして所帯を持ちたいと儚い夢を託したのだが、遊び人の呉服問屋の若旦那の身請け話に騙され、労咳も患っていたので、そのお秋は行く末に絶望して首を括って死んでしまった、という悲

しい過去の因縁を胸に抱えていた。

「いやぁ、おいらは不調法だから、酒は堪忍してくんな」

「おいおい伊之、旅の恥は掻き捨てとも云うぜ。遠慮しねぇで今夜の敵娼に、そのおあきちゃんをどうでぇ。独り身はオメエ一人だけだ。おいらたちに気を遣うことぁねえんだぜ」

「だ、旦那ぁ、まだ旅に出て一日目ですぜ。いくら何でも……」

と恥ずかしそうに尻をもぞもぞさせた。

湯から戻って来た弥吉も加わって主従三人の最初の夜は穏やかに過ぎていった。

龍三郎は、さあ、また明日からの厳しい寒さの中の旅が待っている、と思いつつ心地よく酔って、布団に入った。

二

翌朝、明け六つには宿を出た。一日の遅れを取り返そうと、足を速めた。のんびりとした物見遊山ならば、辺りの景色をゆったりと眺めながらの旅になるだろうが、今は一刻も早く追い付き、任務を遂行せねばならないと、笠を目深に被って風を避け、ただ前方を見詰めて、奴らを追った。

奴らも、お庭番黒鍬衆としての日常の任務で足腰は鍛えられ強靱な筋肉を備えていると思われる。その健脚揃いに追い付くのも容易な事ではないだろう。百二十里の距離を、一日十里では追い付けない。十二日掛けては間に合わない。せめて、あと二里足を延ばさねばならないだろう。

上尾を発って、桶川宿、鴻巣宿、熊谷宿、深谷宿と宿場を通過する——。道は平らで歩き難いことはない。両脇は開墾された田畑が広々と広がっている。

前方から伊之助が駆け戻って来た。まだ七つ半(午後五時)前の時刻だった。

「旦那ぁ、奴ら昨日は早めに宿に入ったようですぜ。岩代屋って旅籠です。あっしらはもう少し足を延ばしましょう」

この深谷宿は中山道でも最大規模の宿場で、本陣一、脇本陣四、旅籠も八十軒以上、飯盛り女も多く、遊郭もあり、これを目当ての客も多かった。

龍三郎と弥吉は、まだ聞き込みを続けるという伊之助を残し、一つ先の宿場町、本庄を目指した。

翌朝、明け六つに龍三郎一行は出立した。雲が低く重く垂れ込め、雨催いのうら寒い朝であった。四つ（午前十時）を回る頃には矢張り冷たい雨が落ちて来た。やがてそれは霙に変わった。長旅には菅笠と合羽が役に立った。

本庄宿の眼前には利根川が横たわる。滔々とした流れとうねりの大河は雄大だ。

長さ三十間（約五十五メートル）幅二間（約三・六メートル）の木橋が架けられた神流川の渡し場を渡れば武蔵国と別れて、上野国だ。遥か前方には赤城山・榛名山・妙義山の連山が見渡せる。

寒風に吹かれ冷たい霙に打たれて、利根川の支流、烏川沿いの土手を歩き、新町宿、倉賀野宿を過ぎれば高崎の城下町だ。

この高崎宿は、慶長三年（一五九八）、家康の命を受けた井伊直政が作った城下町だ。参勤交代の諸大名も遠慮して宿泊を敬遠したので、本陣、脇本陣は置かれず、旅籠の数もわずか十五軒と少なかった。

街道を進むと、門扉に三つ葉葵が描かれた〈大信寺〉に突き当たる。

三代将軍の座をめぐり、二代秀忠の長男の家光と、次男駿河大納言忠長の兄弟が跡目を争った。敗れた忠長はここ高崎城に幽閉され、自刃し、埋葬されているのがこの大信寺である。

龍三郎は片手拝みで瞑目して、通り過ぎた。

次の板鼻宿が間近な街道筋を、向かいから笠を揺らして、雨の中を韋駄天の伊之助が駆け戻って来て、早口で云った。

「旦那ぁ、この先の碓氷川が増水で川止めですぜ。都合よく追いつくことが出来やした。天の助けとぁこのことだぁ。板鼻宿では泊り客が部屋の奪り合いで大騒ぎでさぁ。こっちは豊田屋って旅籠を具合よく、ふた部屋押さえることが出来やしたがね。奴らの泊まる鷹巣屋って旅籠の真ん前とはいきやせんでした」

なるほど、旅籠は五十四軒もあるというのに、宿場町に入ると、いつもなら手を摑んで離さない客引きの飯盛り女たちが、横柄な態度で、もう部屋は無いよォ、相部屋ならどうだい、と旅人を鼻の先であしらっている。

伊之助のお陰でどうやら部屋に落ち着いた。と思った途端に、廊下から声が掛かり、障子が開いた。

「ごめんくださいまし。主の与兵衛で御座います。お客様、この川止め騒ぎでお部屋が足りません。相部屋という事では御座いませぬが、恐れ入ります、おひとつ六畳間の方をお譲り願いませぬか」

　廊下の架け行灯の薄明りの陰に、若い男と女が二人、ひっそりと佇んでいた。

伊之助が口を尖らせて文句を云った。

「あっしら御供と、御主人様が相部屋なんてことぁ出来ねえ相談だ。ほかを当たってくんな」

「おぅおぅ伊之助、旅は道連れ世は情けってことわざもあらぁな。この雨の降る寒空に、今夜一晩どうやって過ごしゃあいいんだ。御亭主、こっちの部屋で俺たち三人で構わねえぜ」

「有難う御座います。ささ、お二人さん、御武家様がお部屋を空けてくださいましたよ」

　主の与兵衛が平身低頭して下がり、後ろから、若い二人連れが、有難う御座います、助かりました、と頭を下げながら入り座布団に腰を下ろし、手炙りに掌をかざし擦り合わせた。女はうりざね顔の憂いを含んだ容姿端麗と云った風の美女である。男がまた、歌舞伎絵から抜け出してきたような眉目秀麗、色白の優男だった。

　このひっそりと世を憚るような気配は、（駆け落ち者かな）と勘繰った龍三郎

であったが、

「お嬢様、さあ、お風呂を御遣いくださりませ。温まりますよ」

と手代風の男が立ち上がって、境の襖を閉めるのを見て、はぁ、大店の娘と手代であったかと得心した。

宿の表ではまだ、泊めろ、いやもう部屋が御座いません、と言い争いの声が続いて騒々しい。十畳間の一室で、皆、湯に入り、夕餉の膳を囲んで和やかな、物見遊山の風情にも見える主従三人であった。

——翌る朝は昨日の雲が嘘のように晴れ渡り、上州名物、〈嬶ぁ天下〉と、もう一つの名物〈空っ風〉が吹き荒れていた。朝飯後、すぐに弥吉と伊之助の二人は碓氷川の渡し場まで出掛け、川止めの様子を眺めてきた。

「旦那、まだまだ水が引くには今日一杯かかりそうですぜ。水嵩はまだ腰高以上ありやすからねぇ。こう、風がね……」

伊之助が口角泡を飛ばして云うには、この空っ風が川面の濁流を泡立て、白い波頭は奔馬の如く荒れ狂い、人の力では全く歯の立たぬ恐ろしい様相だったらしい。

ここ碓氷川の渡し場は、橋も舟もなく徒渡り(かちわたり)か、人足(にんそく)の肩車か、数人の人足が担ぐ蓮台(れんだい)に乗って川を渡らなければならない。龍三郎は、もう一晩泊まらねばならぬと覚悟を決めた。しかし、もう急ぎ旅ではないので気が楽だった。追う相手も同じ条件なのだ。

隣室の若い二人も川の様子を見に行ったらしい。留守中に、弥吉が云った。

「旦那、あの二人、デキてやすぜ。大店のお嬢さんと手代らしいが、道ならぬ道に踏み込んじまったらしい様子でやすねぇ。ゆんべ、あっしのこの耳が、密(ひそ)やかな睦言(むつごと)を聞いちまったんで、へえ。ついでに、伊之さんの鼾(いびき)と寝言と歯ぎしりはひどかったですねぇ……旦那は眠れやしたかい？」

地獄耳の異名をとる弥吉の耳は、なんでも聞こえ過ぎてしまうらしい。便利なこともあるが、却(かえ)って気の毒な目にも遭(あ)うものだ。

夕餉の膳に伊之助が姿を見せない。

——女郎屋(じょろうや)かとも思ったがふらっと九つ（午後零時）過ぎに旅籠を出て行ったきり、戻ってこないのだ。もしや、奴らの旅籠鷹巣屋へでも情報集めの探索にでも出掛けたかと、宿の丹前を着込み、宿の下駄(げた)を引っ掛けてふらりと豊田屋を出た。勿論（もちろん）腰には、鎺（はばき）から五分鯉口（こいぐち）切った胴田貫を手挟（たばさ）んでいる。

相変わらず宿場通りの川止め騒ぎは尾を引き、宿を引き払って出立の客がいないので、次々と前の宿場から入って来る旅人と、御断りの客引きが摑（つか）み合いの喧嘩にまで発展している。

龍三郎が鷹巣屋の暖簾を撥（は）ねて土間へ足を踏み入れると、早速番頭らしき中年の狸（たぬき）面した小男が飛んで来て、

「お客様申し訳御座いません。只今お部屋は……」

「いやいや、宿はもうそこの豊田屋に泊まっているからいいんだ。それより、昼間、蟹（かに）みてぇな扁平（へんぺい）な面した、オメエぐれぇの背丈の男が何か訊（き）きに来なかったかい？」

えっ、と番頭の狸のようなまん丸の目玉が狼狽（うろた）えたように左右にちらちらと動揺した。

「いえ、そのような方は……」

云い淀（よど）むのを、襟首引っ摑んで顎（あご）の下へグイッと拳を突っ込んで上へ吊るし上げた。小男の足は地面から一尺も持ち上げられバタバタともがいている。

龍三郎は、思い切り脅（おど）しつけた。

「オイッ、嘘吐きやがると、首っ玉ァ捻じ切っちまうぞ。何処にいる？　案内しろィ！」

周りに女中や丁稚が押し止めようと集まって来たが、右手一本で番頭を空中に吊るし上げるその荒っぽさに恐れをなしたか、皆んな後退った。

番頭の顔が真っ赤に染まり、眼が白黒してきたので地面に下ろしてやると、げぼっげぼっと咳込みながら、土間の横手裏の方を指差した。

「案内しな」

と、肩を押す。番頭は喉を押さえ覚束ない足取りで土間を横切り、裏口へ出た。裏庭の向かい奥にひと棟土蔵が建っていた。

もう一度肩を押すと、恐る恐る扉に手を掛け、

「お侍様、御免くださいまし」

と、重い引き戸をズリズリッと開けた。覗くと、壁の架け行灯の薄明りの下に、柱に縛り付けられた伊之助の青黒く腫れ上がった顔が見えた。

「邪魔立て致すなッ」

と振り返った侍二人が、龍三郎の姿を見るや、鯉口切って抜刀しようと柄に手を掛けた。

龍三郎は前に居る番頭の肩を摑んで後ろへ押し倒し、土蔵の中へ飛び込んだ。

抜く手も見せず、一人は抜き胴、もう一人は右袈裟に斬って捨てた。一瞬の躊躇逡巡が命取りになるのだ。

侍二人は、刀も抜き終わらずに、血を噴き出しながら、斃れた。今の踏み込みで、借り物の旅籠の下駄の鼻緒が切れた。

柱に後ろ手に括り付けられた伊之助の荒縄を、切っ先突っ込み、切り放すと、

「旦那ァ、済いやせん、済いやせん」

と、涙声で許しを乞うた。瞼と唇が紫色に腫れ上がっていた。かなり手酷く拷問を受けたのだろう。

土蔵の前で腰を抜かして足搔いている番頭に云った。

「豊田屋に宿泊している結城龍三郎という者だ。宿場の自身番に届けておいてくれ。逃げも隠れもせぬ、いつでも吟味には応じるとな」

鷹巣屋の下駄を借り、豊田屋へ戻った。道々、伊之助が愚痴るように報告した。

「いえね、何かいい情報が取れねえかと、鷹巣屋の飯盛り女に小銭を摑ませて聞き込んでたら、いきなりさっきの侍ェにとっ捕まりやしてね、このザマでさぁ。

さっきの侍ェ二人だけ、用心のために残ってたらしいんで、『貴様ら、何故我々の後を尾ける。何を嗅ぎ回っている』とそりゃヒデェ目に遭いやした」

「莫っ迦野郎、いつもオメエはお先っ走りでしくじるなぁ。次からは何でも、俺に相談してからやらかしな」

「へえ、肝に銘じやした。旦那、ほかの連中は、この川止めをものともせず、昼過ぎには碓氷川を渡って行ったらしいですぜ。あっしがしくじりやした、スンマセン」

畏れ入る伊之助を伴って豊田屋へ帰り、部屋の障子を開けた。留守番の弥吉が口あんぐりとびっくり仰天の顔を隠さない。

「アニさん、どうしたんですぃ？　その顔は……」

「伊之、話してやりな、おいらァ風呂に入って来らぁ。おぅそうだ、この血刀をきれいに拭いといてくんな」

「えっ、誰かをお斬りなすったんで？」

とびっくり顔の弥吉に大刀を預け、脇差の方を油紙に包ませ、湯に入りに階下に降りた。

――のんびりと湯に浸かり、いい気分で部屋へ戻ると、既に先客が待っていた。日に焼けた険しい面相の四十をいくつか超えて見える武士と、岡っ引きだろう十手を前帯に差した町人が一人、火鉢の前に端座していた。

弥吉も伊之助も、その前に畏まって座っている。二人対二人が、火鉢を挟んで、だんまりで向かい合って居たのだ。

座敷に入り、二人の前に座ると、役人が真正面から見据えて名乗った。

「それがしは、関八州取締出役、神保平八郎と申す。届け出により、先刻の鷹巣屋での斬殺事件を吟味致す。まずは御姓名、いずれの御家中のお役かをお訊ね致したい」

多分、この地であれほどの斬殺死体を目にすることは珍しいことだろう。役人の面上には、緊張で昂った気配が見て取れた。

「拙者は、江戸は北町奉行所隠密廻り同心、結城龍三郎と申す者。チョイと理由あって、さっきの奴らと斬り合ったが、この手下のご面相を見てやってくんねぇ。あの侍ェたちに、ひでぇ目に遭わされましてなぁ」

伊之助が傍でワザとらしく瞼と口を押えて痛そうにうんうんと唸り始めた。

「こいつは、韋駄天の伊之助って情報屋でね、こっちは拙者の下で動いておる岡っ引きの弥吉って者だ」

弥吉が後ろ帯から、今は龍三郎が貸し与えた朱房の十手を引き抜いて膝前へ置き、両拳を握って相撲取りが土俵で仕切るように畳について、低く凄みを利かせた声で仁義を切った。

「あっしは八丁堀の地獄耳の弥吉ってぇ御用聞きで、結城の旦那から十手を与らせて頂いて居りやす。お見知りおきを」

粋のいい江戸前の貫禄たっぷりの挨拶であった。

「いやいや、これはそれがしの下っ引きの安吉という者だ。いや、これが知らせに駆け付けて来たものでな」

安吉がご同業の立場の弥吉の貫禄に気圧されて、蛇に睨まれた蛙のように後退って、へえ、お見知り置きを、と上目遣いで這いつくばった。

「それにしても、恐ろしい切り口で御座った。如何様に斬ればあのように？」

「大きな声じゃ云えねえが、実はな……おう弥吉、その打飼いを取ってくんな」

弥吉が解いた打飼いの中からおもむろに恭しく封書を取り出し、差し出したのを受け取って、龍三郎は秘密めかせて小声で囁いた。

「これは御老中水野忠成様から、加賀前田候への密書で御座る。実は次期将軍継嗣の問題で、色々幕閣大奥を巻き込んで揉めておってのぅ。拙者は御公儀よりの密使で御座るよ。ほれ、ご覧あれ」

と、勿体ぶって封書を見せようと差し出すと、顔面が蒼白に変わった神保平八郎は、両手付いて障子際まで後退り、

「も、もう、結構で御座います。それ以上はもう恐れ多いことで、はい」

「そうかい、だからこの事件も貴公一人の胸に収めて、決して他言なきよう、うまく取り計らって頂きたい。加賀国まで誰にも邪魔されずに旅してぇんだよ」

また伝法な口調に戻り、上げたり下げたり、田舎廻りの八州役人を煙に巻き、手玉に取ってこの場は難なく切り抜けた。

三

翌朝、明け六つ（午前六時）には川止めも解かれて、旅人たちは先を争って、碓氷川を渡って行った。膝くらいまでの深さにまで水は引いていたが、まだ風は強く、流れも速いため転倒する旅人も多かった。

しかし、二日間も留められたので、気ばかり焦るのだろう、引きも切らず、浅瀬を探して行列を作って徒渡りだ。懐の豊かなお大尽は、悠々と人足の担ぐ蓮台

に乗って渡河している。

龍三郎一行は、朝食を摂り、板鼻宿を後にした。隣室の若い二人は朝早く宿を発ったようだ。伊之助の後ろ姿は宿を出ると直ぐ、あっという間に消えた。再び御庭番らに追いつくためだった。

「お〜い伊之、もうとっ捕まるんじゃねえぞォ」

へぇ〜い、と照れ笑いで振り返った伊之助の紫色に腫れあがった頬と唇が痛々しかった。

龍三郎と弥吉の二人は、上州名物空っ風をまともに受けながら、碓氷川沿いの土手を、笠を揺らし襟を掻き合わせて、合羽をはためかせ、真っすぐに前を向いて歩を進める。

正面に妙義山が雪を溜めた山頂辺りに低い雲を漂わせて靄にかすんで見える。冷たい風が頬に突き刺さって痛みを感じるほどだ。

安中宿を過ぎた午頃、弥吉がふと立ち止まって、顔を傾けて耳を澄ませた。

「旦那、聴こえやすかい？」

「……うむ。あっちだな」

一丁ほど離れた杉林辺りから、男たちの喚き声と、女の悲鳴が風に乗って聞こえて来る。

龍三郎は、物も言わず堤（つつみ）を駆け下り、田んぼのあぜ道を走った。弥吉が、担いだ挟箱を揺らしながら続く。

鎮守の森の鳥居の奥、小さなお堂の前辺りで三度笠（さんどがさ）に引き回し合羽（かっぱ）を風にはためかせて、博徒らしき四人の男が若い男一人を囲んでいる。

追い詰めた鼠（ねずみ）をいたぶる野良猫のように、嘲笑（あざわら）いながら少しずつ切り刻んでいる。

血を滴（したた）らせながら、短い道中差（どうちゅうざし）を必死に振り回しているのは、昨夜まで隣の部屋で一緒だったあの優男の手代だった。

「お嬢様ァ、お逃げくださぁい。お嬢様～」

その必死の声も、心の臓に一尺九寸五分（約五十八・五センチ）の長脇差（ドス）を情け容赦（ようしゃ）なく突き込まれ、呻きとともに途絶えた。やくざの一人が、せせら笑いながらしゃがみ込んで、倒れた手代の振り分け荷物をほどき探っている。

「手間ぁ取らせやがって！」

お堂の中から女の悲鳴が聞こえた。龍三郎がようやく駆け付けて来て云う。

「おいオメエたち、弱い者苛（いじ）めの悪さは止（や）めねえかッ」

振り返った悪相のやくざ者が、奪った巾着を懐に納めながら歯をむき出して喚いた。

「何をッ、やいサンピン、余計なことに首突っ込むんじゃねぇッ」

物も言わず龍三郎が突っ込み、居合抜き胴で左側のやくざを、返す刀を車(しゃ)に回してもう一人を右袈裟懸けに斬り下ろした。

血飛沫(しぶき)を振り撒(ま)いてぶっ倒れた仲間を見て、残った二人の渡世人が弾かれたように飛び退(の)き、逃げながら喚いた。

「ヤバイぞぉ、逃げろッ」

こいつらは弱い者には強く、強い者には弱い。脱兎(だっと)のごとく逃げ去った。

「何だァ、どうした？」

だみ声と共にお堂の観音扉が勢いよく開いて、羊羹(ようかん)色にくすんだ羽織袴(はおりはかま)の浪人が姿を現わした。地面で絶命している仲間に気付き、龍三郎に眼を留め、大刀の柄に手を掛けた。四尺高の階段三段を一足飛びに駆け上がった龍三郎の〈胴田貫正國〉が胴を横薙(な)ぎに一閃(いっせん)した。

浪人はカッと眼を剝(む)き、腹を抱えて、お堂の縁から頭を下に転げ落ちる。

お堂の中を覗くと今まさに隅に追い詰めた娘の上に覆(おお)い被さり、手籠(てご)めにしようとしていた四十がらみのやくざ者が振り返った。

娘の着物はしどけなく乱れ、真っ白なふくよかな太腿（ふともも）が目に飛び込む。

血刀提げた龍三郎を認めたやくざ者は、恐怖の表情を浮かべ、後ろのお堂の板壁に背を張り付けた。

娘の前に膝ついて、覗き込んだ龍三郎が云う。

「お嬢さん、安心しな、もう大丈夫だぜ」

「栄吉（えいきち）は……？　栄吉ィ、栄吉〜」

あられもない姿もそのまま、悲痛な声を絞り出し、お堂の扉に這い寄った。

その時、息をひそめていたやくざが背後から、野郎ッ、の声と共に斬りかかった。龍三郎は眼も遣らず殴り斬った。派手な血飛沫を上げて首が飛んだ。

娘はお堂の濡れ縁から、もう息も絶えた手代の血塗（まみ）れの姿を目にするや、栄吉ィ、と絶叫して階段を駆け下り、その死骸にしがみ付いた。

「栄吉ィ〜、なんであたしを残して……、栄吉ィ……」

身を揉んで栄吉の死骸に抱き付き、嗚咽（おえつ）し、慟哭（どうこく）は激しくなる一方だ。

龍三郎も弥吉も、納まるまで暫く見守るより手の施（ほどこ）しようがなかった。

——やがて、まだ、泣きじゃくる娘の前に、弥吉がしゃがみ込み、手拭（てぬぐ）いと竹筒を差出して慰めて云った。弥吉はいつでも誰にでも優しい。

「さあ、娘さん、喉を潤して涙を拭きなせぇ。一体、どうしなすった？」

娘は、気を静めて、健気に、ぽつぽつと語り出した。

「はい……先ほどより街道筋でこの男たちに絡まれまして、ここまで来て、突然こんなことに……私は日本橋の呉服問屋、山城屋の娘ゆきと申します。年は十八、このたび、御取引先の加賀友禅の卸問屋、紅葉屋様からお輿入れの話が御座いまして、手代栄吉を供に加賀の国へ向かう途中でこんな事に……」

弥吉が龍三郎の血刀を鹿のなめし皮できれいに拭いながら、お堂の縁台に腰を下ろしている龍三郎を振り返り、眼を合わせた。龍三郎は黙って煙草を吸っている。

「ふ～ん、路銀もすっかり掻っ攫われて、これからお前さん一人で、どうしなさる？　このまま加賀国へ行くのかい、それとも江戸へ戻るかい？　俺たちも加賀国まで行くんだが、その紅葉屋さんへ言伝ぐらいだったら引き受けるぜ」

「いえ、加賀へ参ります。御迷惑でしょうが、御一緒にお連れくださいまし。足手まといにはなりません」

「うんうん、チョイと訊き難いことを訊くがなぁ、お前さん、この栄吉さんとは不義の仲じゃなかったのかい？」

「……………」

「それでも口をつぐんで、その紅葉屋さんへ輿入れしようってぇのかい」

「お気付きでしたか……もう私、江戸には戻れないのです。父にも母にもお店の者たちにも、栄吉との仲は知られてしまい、紅葉屋さんのお話は、父母にとっては渡りに舟と申しますか、厄介払いなのです」

「ふ〜ん、こっちも御役目を抱えての旅なんで、か弱い女連れではなぁ……」

「ご迷惑を掛けぬよう致します。何とぞ、何卒ご一緒にお連れくださいまし」

「旦那ぁ、どうしやしょう？　ご迷惑でやしょう？」

「いいじゃねぇか、旅は道連れ世は情けって云うじゃねぇか。助けてやりてぇんだろオメエは？　顔にそう描いてあるぜ」

「へえ、有難うごぜえやす。おぅ娘さん、旦那に礼を云いな」

「有難う御座います、有難う御座います」

再び涙に暮れるおゆきに、弥吉が云った。

「さ、早ぇとこ、お堂の中で着物を着直しな」

はいッ、はいッと頷いてお堂の中に消えた。弥吉が龍三郎に近付き声を潜めて云った。

「旦那、済いやせん、あっしがきっちり面倒をみやすから」

元々、ここ上州は博奕(ばくち)打ちの多い土地柄で、博徒の大元締め大前田英五郎(おおまえだえいごろう)や、関所破りで赤城山に立て籠もった国定忠治(くにさだちゅうじ)ら無宿人が有名だった。

関八州——上野・下野(しもつけ)・常陸(ひたち)・上総(かずさ)・下総(しもうさ)・安房(あわ)・武蔵・相模——に於いて、無宿人や浪人が増加して、治安が悪化していたものの、幕府直轄(ちょっかつ)の天領(てんりょう)や大名、旗本、寺社などの管轄領が各地に散在していたため、八州取締出役だけでは広域的な取り締まりが難しい状況になっていた。

その隙を狙って、無職渡世(ぶしょくとせい)のやくざ者が蔓延(はびこ)っていたのだ。

龍三郎一行は、再び土手に戻り堤沿いに松井田(まついだ)宿から坂本(さかもと)宿——ジグザグの急坂が続き、いよいよ上野国と別れて信州・信濃の国だ。

険しい、厳しい、冬の碓氷峠を登る。刎石(はねいし)坂と呼ばれる溶岩の角張った岩石がごろごろしている急坂を、おゆきは懸命に遅れまいと竹の杖(つえ)に縋(すが)って、必死に付いて来る。

碓氷関所前で、石ころに腰掛けて伊之助が大欠伸(あくび)をして待っていたが、辿(たど)り着いた一行を見て立ち上がり、駆け寄った。

「旦那ぁ、弥吉っつぁん、遅かったねぇ。待ちくたびれちまった……あれっ、こ、この娘さん……」

弥吉の傍に寄って、ひそひそと訊き始めた。時々、エエッと驚きの声が上がって、興味津々の態であった。

中山道では厳しい取り締まりで名を馳せた碓氷関所だったが、前日の八州取締出役神保平八郎の急使が既に手を打ってくれていて、容易く通行することが出来た。が、難所の碓氷峠は難行苦行を極めた。

健脚揃いの龍三郎、弥吉、伊之助ならどうということはない上り坂も、おゆきを伴っての足並みは遅れ気味で、遂に伊之助が、おゆきの前に背を向けて、

「さぁおゆきさん、あっしの背に負ぶさりなせぇ。さぁ遠慮しねぇで」

「いえ、大丈夫です。足手まといにはなりたくはないんです」

「強情なお嬢さんだ。じゃぁ頑張ってみなせぇ」

正面に雪を被った雄大な浅間山を眺めながら遅れを取り戻そうと、軽井沢宿、沓掛宿を飛ばして追分宿の旅籠、分去れ屋に草鞋を脱いだ。

途中、前を往く黒鍬衆の旅籠も聞き込み、探りながらだから、余計な時刻も喰うことになる。

ここ追分宿は、いよいよ中山道と北国下街道に分かれる要所の宿場なので、旅籠の数も七十軒を超え、茶屋も十八軒を数え賑わっていた。

碓氷峠で突っ張った足腰を、ゆったりと湯で温めようやく人心地(ひとごこち)を取り戻し、宿の十畳間に奇妙な四人が座して夕餉が始まった。

飯盛り女たちも、若い娘が一緒だから、膳の上げ下げだけで遠慮して姿を見せない。

旅籠に入ってすぐ、伊之助が宿場中を駆け回って、女物の替えの着物と細々(こまごま)した小物を買い込んできて、さすがは髪結いの気の廻り方だと、龍三郎も弥吉も感心したものだ。

　憂い顔のおゆきを気遣って、伊之助が親切に云う。

「おゆきさん、さ、飯を腹に入れねえと、明日が辛(つれ)ぇぜ。今日は疲れただろう？　ささ、遠慮しねぇで」

「は、はい。皆さまにご迷惑をお掛けして……路銀も無くした私などをこうして御面倒戴いて、何と御礼申し上げたら……」

　また泣き顔に崩れそうなおゆきを見て、龍三郎が磊落(らいらく)に云った。

「おゆきさん、自慢じゃねえが、軍資金はたっぷりあるんだ。そんな心配は無用だぜ、さぁ、たんと喰いなよ」

おゆき一人と、龍三郎一人、伊之助と弥吉の二人で、三部屋必要だった。宿代は一人二百文程度だから安いものだった。

その夜、夜通し、強風が吹き荒んで、雨戸や軒瓦（のきがわら）をガタピシと揺らせた。

四

翌朝、伊之助が駆け戻って報告した。

「旦那、奴らやっぱり、北国下街道を善光寺へ向かいやしたぜ。そのあとは越後から、北陸街道で行きやすねぇ、屹度（きっと）」

二人の仲間を龍三郎に斬られて失っても、平然と目的地に向かって歩を進めるその冷徹な行動に、務めをやり遂げんとする確固たる意志の強さを思い知った龍三郎であった。

追分宿を発って、善光寺街道――。

矢代（やしろ）宿を過ぎて雨宮（あめみや）の渡しで千曲川を渡る。次は丹波島（たんばじま）宿で犀川を渡ることになる。

渡し舟は岸から岸へ渡した綱を乗り合い客が互いに手繰りながら渡り、さあ次の宿場はあの、牛にひかれての善光寺だ。

一宗一派にこだわることなく、常にすべての信徒を受け入れてきたので、全国津々浦々から善男善女の信者が集まり、『遠くとも一度は詣れ善光寺』と謳われ、一生に一度お参りするだけで極楽往生が叶うと謂われる、霊験あらたかなお寺として善光寺詣りの参拝客は多かった。

伊之助は、気晴らしにとおゆきを誘って、善光寺さんへ詣り、これであっしは極楽へ行ける、と喜色満面で、能天気な奴めと龍三郎にからかわれた。

この北国街道を三十五里（約百四十キロ）、越後国高田の城下町までは、厳しい道のりだ。ようやく、江戸から半分の行程を歩いた勘定だ。

信濃と越後の国境、野尻峠は雪も深く、風は益々強い。草鞋履きでは、雪に膝までめり込み歩くのが困難なので、猟師や樵が用いる草鞋の上に履くかんじきを手に入れ、蓑を着て難行苦行の連続だった。

もう遅れることは気にしてはいなかった。伊之助は妹を看るように甲斐甲斐しく、おゆきの面倒を看ている。元々女好きだが、このいじらしいくらいの優しさはどうしたことかと龍三郎も弥吉も首を傾げた。

野尻峠の細い崖道を辿っていた——その時。

頭上でいきなり地響きが鳴り、土砂が岩が、雪と共に崩れ落ちてきた。岡谷宿側は切り立った絶壁、落ちたら命はないだろう。

「崖に張り付けッ！」

龍三郎の警告の叫びも雪崩落ちる土砂の音に掻き消されて、聴こえたかどうか……。

雪崩は、長くは続かなかった。

眼の前を大小の岩石が、雪交じりの土砂が崩れ落ちて行った。振り仰いだ龍三郎の眼が、十丈（約三十メートル）ほどの高みに二、三人の武士らしき人影を捉えた。

（御庭番黒鍬衆の仕業だッ）

奴らは、お庭で土をいじり、鍬で野や山を耕している。造作普請は最も得手な仕事だった。この急峻な峠の崖上で待ち受け、土砂崩れを起こすなどお手の物だろう。二人の仲間を斬り捨てた龍三郎への復讐か？　手段を択ばずか——油断していた……。

ああ〜、と、か弱い声が耳を打った。おゆきの悲痛な呻き声だ。

伊之助の泡食った声が続いた。

「お、おゆきさん、何処だ、何処をやられた？　足か、腰か？」

うつ伏せに横たわるおゆきを囲んで、伊之助と弥吉が覗き込んでいた。

頭上の崖上の人影は姿を消していた。

「弥吉、おゆきさんを背負え。この場を早く離れるんだ」

龍三郎の声に、痛がるおゆきを無理にも背負って、足場のやや平らな広い場所に移り、そっと横たえた。着物が裂け、ふくらはぎ辺りから血が流れていた。

伊之助が挟箱から傷薬を取り出し、手早く塗って、手拭いで縛った。

「奴らが網を張っていた。これからも油断は出来ぬ。おゆきさんは弥吉が担げ。行くぞ」

伊之助が挟箱を担ぎ、弥吉がおゆきを背負い、足場の悪い崖道を急いだ。

突然――またもや、石塊、岩が転げ落ちてきた。油断していた。まだ上に居たのだ。頭ほどの大きさの岩の塊が龍三郎の左肩を直撃した。あっと思った時には宙空に躰が飛ばされていた。

落ちる――。重力に従い、ただ落下するのみ。

下は岩を嚙む激流、千尋の谷底だ。

落ちながら、龍三郎の右手は崖を掻きむしっていた。その手指に蔦が絡んだ。

しっかと掴んだ。落下が止まった。右手一本で蔦を握り、躰はぶらぶらと空中に揺れている——。烈風が頬を打つ。

頭上から弥吉の悲痛な叫びが聞こえた。

「旦那ァ、大丈夫（でえじょうぶ）ですかいッ。今、降りて行きやすぜェ」

見上げれば、八間（約十五メートル）ほど上に、腹這いになって覗き込む弥吉と伊之助の引き攣（つ）った顔が見えた。龍三郎は怒鳴った。

「弥吉、降りて来てくれッ。俺の右手がこの蔦を掴んでる限り大丈夫だ」

独り稽古で鍛えた膂力、握力は、蔦を掴んでさえいれば己の躰の重さを支えられる。足を崖の凸凹（でこぼこ）に引っ掛けて、踏ん張った。

すぐに真上から弥吉の声が聞こえた。

「さ、旦那、手を！　あっしの手を掴んでおくんなせえ」

「莫っ迦野郎！　オメエの手を握るまでに俺は落っこちまわぁ。この蔦を掴んだ手は放せねえだろうが。オメエが俺の下に降りて来て肩を貸してくれッ。踏み台になるんだ」

「へ、へいッ。分かりやした。仰（おつしや）る通りで御座んすね」

崖を上下にすれ違った。下に降りた弥吉が、

「さ、旦那、あっしの肩に足を載せておくんなさい」

「よし、肩で押し上げるんだ」

グイと上へ躰が持ち上げられた。蔦を握った右手が離せないから、ジリジリと蝸牛（かたつむり）のような進み具合だ。よじ登ること、四半刻——左肩の打撲の痛みが増してきた。左肩の痛みなら右手が使えるから、剣を振るうに支障はない。

崖上に腹這いになった伊之助が手を伸ばし、龍三郎の右肩、腕を摑んで引っ張り上げた。漸（ようや）く這いずり上がった。

仰向けに横たわった龍三郎の眼に、青く澄み渡った冬空が広がっていた。呼吸を整え、皆の顔を見回して云った。

「みんな、大丈夫か？」

息の荒い弥吉、真っ青な顔色の伊之助、おゆきがしっかりと頷いた。

深い雪を踏み締めてノロノロと進む一行四人——。やがて、峠の頂（いただき）に辿り着いた。後は下るだけだ。登りよりは少しは楽だろう。

寒風が冷たい。旅はまだ途中だ——。

五

いよいよ北陸道最大の難所、親不知である。

糸魚川から青海、市振までの四里の海岸は百丈(約三百メートル)から百二十丈の、眼も眩むような断崖絶壁が旅人の往く手を阻む。

その崖下に沿って波打ち際を駆け抜ける際には、親は子を忘れ、子は親を顧みる余裕がなかったことから親不知、子不知と呼ばれるようになったそうだ。

寒風と共に日本海の何丈もの高さの荒波が岩場に打ち寄せ、その波間を見計らって狭い砂浜を駆け抜けるのだ。大波が来ると洞窟などに逃げ込んだが、途中で波に呑まれる者も少なくなかった。

白く泡立つ波頭は、岩を砕き、侵食し、沖に引き摺り込まれそうな波飛沫が、空中高く広がり、足が竦む。勇を揮って駆け抜ける。

おゆきを背負った弥吉にとっては、これは命のちぢむ駆け足だった。

韋駄天の足自慢の伊之助にとっても、重い挟箱を担いでの駆け足は難行に違いない。

お互いの身を案じながらの苦行だった。

——漸く、命からがら無事に市振を過ぎれば境宿。越後国と別れて越中国へ入る。

魚津宿、高岡宿まで来れば、長かった旅路も終わる。

越中と加賀国との国境の砺波山に倶利伽羅峠が在る。

遥か昔、源氏の木曾義仲と平家が戦った古戦場の跡だ。

その倶利伽羅峠の不動尊の山門前に、二人の武士が現れた。

待ち構えていたのだろう、無言で礼をして掌で石段を指し示す。積もった雪も掃き清められて、わずかに残っている程度。

山門を潜り、境内へ足を踏み入れると、十人ほどの侍が横一列に並んで待っていた。

中央のおそらく、組頭多田光右衛門であろう、色浅黒く精悍な躰付きの四十絡みの男が一歩、二歩進み出た。腰には長尺の大刀を手挟んでいる。おそらく刃長三尺（約九〇センチ）。この長さを使いこなすとは……。あとの十人の侍も一騎当千の強者と見た。

遂に、雌雄を決する時が来たのか……。

多田が静かに口を開いた。

「よくぞ、この険しい旅を此処まで参られたな。言葉を交わすのは初めてで御座るが、既にもう古い知己(ちき)のような思いで御座るよ。しかし、お役目はお役目……立場を超えて、互いに是非は問うまい。既に二名の配下が、否、もっと数多くの配下が、貴公の刀の錆(さび)に屠(ほふ)られた。これも互いに務めを果たさんがためのこと、恨み言は申すまい。が、此処から先は、一歩たりとも加賀国へはお通しする事は出来申さぬ。三名を残して八名の部下が貴公のお相手を致す。お覚悟は宜しいか。いざ」

「弥吉、伊之助、おゆきさんを守って下がっていろ」

龍三郎は、武士たちとの間合いを計りながら、無言で蓑(みの)を脱ぎ捨て、柄袋も投げ捨てた。以前の伝通院のように、互いに鎖帷子(くさりかたびら)は着込んではいない。刃折れ、刃曲がりの心配は要らぬということだ。

愛刀、胴田貫正國をすらりと抜いた。柄が氷のように冷たい。

向き合った八名の武士が矢張り蓑を脱ぎ捨て一斉に抜刀した。その下は裁着(たっつけ)袴(ばかま)に襷(たすき)掛け、既に準備万端待ち構えていたのだ。

間合い五間——。

龍三郎は横に走った。静止していては囲まれる。多勢相手に戦うには眼前の一人、二人を斬ればよいのだ。敵を後ろに回してはいけない。

と、ヒュッと風を切って、光るものが耳朶を掠めた。

手裏剣！　前方の杉の木に突き刺さった。またも一本——。

(そうだった……敵は御庭番、黒鍬衆なのだ)

手裏剣は得意の武器だろう。

杉の木を盾に振り返った。ブスッ、ブスッと小柄二本が木に突き刺さった。躍り上がって、眼前に飛び込んで来た武士を下から逆袈裟に斬り上げた。

その武士は立ち木に激突し、枝に積もった雪がバサッと落ちて来た。

境内の石畳と違ってこの杉木立の中は膝まで雪に埋もれ、足が取られる。

前面三方を囲まれた。三本の小柄が一斉に投げられた。弾いた一本はキィーンと鋼の音させて宙空に消えた。次の一本は盾にした木に食い込み、最後の一本が龍三郎の肘先の無い左上腕に突き刺さった。痛みは感じたが、急所ではない。

右手で小柄を投げ終わった直後の、まだ左手に刀を握っている三人の武士の中に龍三郎が飛び込んだ。右袈裟、抜き胴、突き、と流れるように右手一本の胴田貫が閃いた。真っ白の雪に鮮血を振り撒きながら、三人が雪中に斃れた。

（あと四人……）

見れば、後方、蓑笠を纏い、腕組みした三人の前に、四人の侍が待ち構えている。足場の悪い杉木立の中までは追っては来なかった。

胴田貫を口に咥え、左上腕の小柄を引き抜き、右掌の中に握った。早く抜かぬと肉が絡まって抜き難くなる。生暖かい血が流れ落ちるのもそのままに、刀を咥えたまま、雪を踏みしめて前方へ歩みを進めた。

四人が一斉に殺到して来た。龍三郎も駆け出す。

距離が詰まった、握った小柄を投げた。狙い違わず、先頭の武士の右目に突き刺さった。

衝撃で足の停まったそ奴を、駆け違いざま口に咥えた胴田貫の柄を握り、斜め下から胴薙ぎ、返す刀は隣の武士の左頸筋から斜めに心の臓まで斬り下げていた。動きが止まった。

残り二人はすぅっと正眼の構えに入った。

向き直り、地摺り下段に構えた龍三郎の凄然たる静止相は、五体と剣との生死一体の動きであった。雪よりも、氷よりも冷たい静謐の気が辺りを払っている。

数瞬の睨み合い――。

その緊張の間に耐えられなくなったのか、二人の武士が同時に斬り込んで来た。龍三郎が動いた。

ここぞ秘剣、龍飛の剣！

下段から峰で擦り上げた刀は相手の刀を上方に弾き飛ばした。真っ向から斬り下ろした胴田貫の切っ先は、頭蓋から顔面を断ち割り、胸まで抜けた。あまりの迅速、残酷な斬り方を眼前で見たもうひとりは、刀を上段に構えたまま踏みとどまり、金縛りに遭ったように眼をいっぱいに見開いて固まっている。

見守る三人の方角から、待てッと声が掛かったが、龍三郎の踏み込む勢いは止まらなかった。血飛沫噴いて、首が一間も飛んだ。

「お見事ッ、金沢城でお待ち致す」

言い放って、多田光右衛門を先頭に三人が踵を返して立ち去って行く。

弥吉、伊之助が口々に、旦那ァ、と叫びながら駆け寄って来た。後ろで、おゆきが卒倒して雪の上に崩れ落ちた。

弥吉が、龍三郎の袂を捲り上げ、挟箱から取り出した小瓶の焼酎を口に含み、上腕の傷口に吹き付け、貝殻から〈金創膏〉と呼ぶ薬の本場越中富山の傷薬を塗り込んだ。

晒し布できっちりと縛りながら、

「旦那、浅傷でよござんした。それにしても、何時見ても、身の毛のよだつ斬り様ですねぇ」

「感心してねぇで、おゆきさんを看てやりな」

「あっしらは見慣れてやすが、おゆきさんはこんな風に人が斬られるのを見るのは初めてで御座んしょう。気絶しちまうのも無理はねぇや」

頰をぴたぴた叩き漸く息を吹き返したおゆきを、伊之助が無理にも負ぶって担いだ。

やっと辿り着いた、江戸から百二十里（約四百八十キロ）、加賀国だ。

加賀百万石の礎を築いた初代前田利家は少年時代より織田信長に仕え、北陸地方の平定に尽力し、やがて能登で二十三万石の大名となった。豊臣秀吉政権下で五大老に名を連ね、天下統一に尽力したのだ。若い頃から傾奇者と呼ばれ、派手な言動と派手な三間半柄（約六・三メートル）の長槍を振り回し、背丈六尺の偉丈夫で、派手な武勲も多く、出世も早かった。

しかし、関ヶ原の戦いで徳川家康が覇権を握り、家康に抗う力はなく外様大名となり金沢城から出ることもなく、加賀藩として三百年の長きにわたって百万石の領地を戴き、北陸の地に威勢を張ったのだ。

難攻不落の平山城として美しい威容を今も保ち、栄華を誇っている。

当代の領主が十二代前田斉泰、その正妻が十一代将軍家斉の二十一女、溶姫、生まれた嫡男が八歳の犬千代、のちの前田慶寧、この年端も行かぬ犬千代を次期将軍継嗣に据えようとの謀略を図る側室お美代の方の野望を打ち砕かんが為、艱難辛苦を耐え忍んでようやく今、目的地加賀国へ到着したのだ。

この先には如何なる運命が横たわっているのか──。

如何なる危機が待っているのか──。

第五章　北国の決闘

一

　金沢城下――。
浅野川沿い、主計町茶屋街の石畳の道に紅柄格子のお茶屋が軒を連ね、金箔や加賀友禅のお店が並んでいる。降り積もった雪が美しく、澄み切った青空と、白一色の対照が、江戸に居ては決して見られぬ息を呑むような絶景の風情を醸し出している。龍三郎も寒さを忘れて足を止め、見惚れたくらいだった。東茶屋町筋の一角に、ひと際目を引く大店加賀友禅問屋〈紅葉屋〉の暖簾を見付けた。

　龍三郎一行は、まず、おゆきの問題を片付けねばならぬと、前夜高岡の旅籠で因果を含めてきたのだが……。

大の男が三人雁首揃えて、おゆきを囲んでこんこんと諭し、おだて、励まし、因果を含めたのだ。既に、野尻峠で崖崩れを仕掛けられたおゆきの足の負傷は癒えていた。

伊之助曰く、

『いいかい、おゆきちゃん、明日は初めて〈紅葉屋〉さんへ乗り込んで、御義父っつぁんと御義母さんは江戸で会って以来二度目だが、一年ぶりにお目に掛かるんだ。御亭主になる長太郎さんには初めて会うんだろ？　どんなにへちゃむくれだろうと、栄吉さんと比べちゃならねえぞ』

弥吉曰く、

『もう手代の栄吉のことは忘れて、なッ。〈紅葉屋〉さんに輿入れの覚悟を決めたんだろ？　だからここまでついて来たんだろ？　よくぞ、この寒い、酷い旅を乗り越えられたじゃねぇか。立派なもんだ』

龍三郎曰く、

『おゆきちゃん、もし俺にオメエのような妹がいたら、誇りに思うぜ。この何日か一緒の短ぇ旅だったが、オメエは立派だったなぁ……兄として妹の幸せを願わずにはいられねえ気分だ。分かるだろ？』

おゆきには、もう戻れる場所はない。ここに骨を埋めるより外、道はないのだ。駆け落ち気分で旅を続けて情を重ねた栄吉は、旅先で無頼漢たちに無残にも惨殺された。

龍三郎が、経緯を説明し、紅葉屋の両親と婿の長太郎に受け入れてもらえることを確認し、引き渡さねばならない。栄吉のことは、口をつぐんでしまえばよい。

それが、ここまで一緒に同行してきた責を果たすということだろう。

器量良しで気立ての良いおゆきには、何としても幸せになって欲しい、と三人は切に願った。それが昨夜の高岡での旅籠の、おゆきとの決別の約束だった。

そして今朝、四人は決意を秘めて〈紅葉屋〉の表に立ったのだった。

暖簾を潜り、番頭への先触れの口上は伊之助に任せた。

「え〜、こちらは加賀国加賀友禅問屋〈紅葉屋〉さんで御座いますよね。え〜、私らは、江戸は日本橋の呉服問屋〈山城屋〉のおゆきさんの御供でたった今到着致しました江戸八丁堀北町奉行所同心結城龍三郎の一行三名で御座います。お聞き致しましたところでは、此方のご長男長太郎さんに御輿入れとか……無事お連れ申して、私らもホッと安堵致しました次第で……。それでは確かにお渡し致しました。私たちはこれにて御無礼致します」

「あああ、ちょ、ちょっと、お待ちまっしぃ」

半白髪の、番頭だろう小太りの男が、泡食って奥へ駆け込んで行った。

待つ間もなく、奥の間から、番頭に続いて、主人、御内儀、跡取りの長太郎らしき、背丈のひょろっと高い若い男が飛び出してきた。土間に並ぶ、神妙な顔をした龍三郎、伊之助、弥吉、おゆきを見て、お内儀が転がるように上がり框に手を付き、

「まぁまぁ、おゆきさんッ、このお寒い時期にようおいだすばせぇ。お辛い旅で御座いましたがいね。ようまぁ御無事であんした」

「ささ、おゆきさん、お上がりくださりましねぇ。お連れの方々もご一緒にィ。これ、早う温かい濯ぎの盥をお持ちしまっしぃ」

と、福相の主人、長兵衛が女中に言い付ける。ぼうっとうらなり瓢簞のような顔立ちでおゆきに見惚れている長太郎を見て、総領の甚六とはこんなものだろうと龍三郎は思った。

しかし下へも置かぬもてなしとはまさにこのような扱いを云うのだろう。

何代にもわたる老舗としての佇まいが慮れる、一間幅の黒光りに磨き抜かれた長い廊下を案内され、奥の間に落ち着いた。

御内儀のお芳が云う。

「さぁさ、あったか～い湯に浸かって、旅の疲れを落としまっし。それからお箸をお取りあそばせ」

主人の長兵衛が跡取り息子を叱る。

「これ長太郎、何しとらんが。早う、風呂場へご案内しまっし。江戸みてぇなえんじょからおいだすばせた、こんな、いちゃきなお嬢さんは、いかなことかて、あんやとう思うするけ」

江戸と違ってこの金沢の雪国では、内風呂が無いと生計がたたぬのだろう。ゆったりとした檜風呂で、躰をほぐし、久し振りに伊之助に月代と髭を当たってもらい、火鉢の隣に着座した。もう左上腕の小柄で受けた傷痕も痛みはなかった。

龍三郎が、紅葉屋夫婦と跡取り息子の三人を前に長広舌で、おゆきとの出会い、関わり、これまでの経緯などを、熱心に、真しやかに、話して聞かせた。嘘も方便、おゆきが幸せになれればよいとの思いが、滑らかに舌を回転させ巧みな言葉が口を衝いて出た。

御内儀のお芳も、主人長兵衛も、長太郎も、身を乗り出して聴き入り、ある時は涙を浮かべ、息を呑み、相槌を打ち、頷いて、すっかり話に引き込まれていた。話し終わると、三人は畳に頭を擦り付けて、

「あんやと存じみす。このお寒い時期にこんなえんじょまで……これは長太郎いうウチのだらあんさまで御座りするげん、ちょこっと、はしかいまっし。おゆきさんも如何なことかてご安心していらさるこっちゃ。これ長太郎、何しとらんが。御挨拶しまっし」

女性には晩熟らしい長男が、大きな躰を二つに折って、朴訥に云った。

「あんやと存じみす。うら、大事に大事にするけ、ゆったりおいだすばせ」

龍三郎ら主従三人は、ほっと顔を見合わせて安堵の溜息を吐いた。

そのあとは、この上ないもてなしの馳走に与り、米どころ加賀の銘酒の熱燗で漸く人心地がついた。

酒は日本霊山の白山からの雪融け水で仕込んだ酒で、堪えられない旨さだった。

加賀藩御用達である〈紅葉屋〉主人長兵衛に、明日、領主前田斉泰公に拝謁せねばならぬ、ついては持参して来なかったので無紋でよいから裃の正装を御

用立て願えまいか、と頼んだ。快く長兵衛は請け負ってくれた。

明日の対決を前に、龍三郎は久し振りにぐっすりと熟睡した。

二

——翌朝、粉雪の舞うお堀を石川門から渡り、天下の名城加賀百万石の金沢城の大門の前に立った。

四幅袴に筒袖の若党姿で挟箱を担いだ伊之助と弥吉を伴に従えている。裃袴姿の正装で高下駄の出で立ちである。

門番に、幕府御老中水野忠成様の添書を示すと、門番は顔を強張らせて門番詰め所へ駆け込んだ。代わりに出て来た徒侍が丁重に先に案内に立つ。

金沢城は、金沢平野のほぼ中央を流れる犀川と浅野川とに挟まれた小立野台地の先端に築かれた美しい城であった。

戦国時代から江戸時代にかけての梯郭式の天守閣のない三層の平山城で櫓や門に見られる白漆喰の壁、海鼠壁と屋根に鉛瓦が葺かれた外観、櫓一重目や塀に付けられた唐破風や入母屋風の出窓は美しく、また難攻不落の名もほしいままにした名城である。

伊之助、弥吉を控えの間に置いて、龍三郎一人が三の丸御殿の拝謁の間に足を踏み入れると、既にそこには、御庭番組頭多田光右衛門利貞と二人の配下、野尻八郎兵衛と古坂孫市が威儀を正して控えていた。

入室する龍三郎は、この十何日の旅の苦難を共にした御庭番三人と、居並ぶ加賀藩家老、側用人からの痛いほど鋭い視線が、身体中に注がれるのを感じつつ、向き合う位置に端座した。用人の声が厳かに響いた。

「殿の御成りで御座います」

右片手付いて、額を畳に擦るほどの最敬礼で低頭する。ゆったりとした衣擦れの音を頭上に聞いた。面を上げい、の声に上体を起こすと、一段七寸高、正面上座に、加賀藩十二代領主前田斉泰と、奥方溶姫が泰然と着座していた。

流石に、辺りを払う百万石の大大名の風格である。

この時、斉泰二十七歳、溶姫が輿入れして九年、二十四歳であった。文政十年（一八二七）十五歳の時、前田斉泰との婚約相整い輿入れしたのだ。嫡男犬千代君、まだ八歳――。

溶姫自身は加賀藩に溶け込もうと努力したが、大奥から付けられた溶姫付きの御殿女中たちは尊大で、加賀藩の女中や藩士を馬鹿にすること甚だしかったという。

しかし、嫡子犬千代、駒次郎、亀丸の三男を産み、ようやくこの加賀藩に骨を埋めようと心を固めた矢先の此度の公儀からの御使者である。

斉泰は大柄で茫洋とした感の、まだ若い城主であった。片や、溶姫は見目麗しく、利発そうな美女であった。斉泰がおもむろに口を切った。

「この厳しき寒さの中を、御公儀より別々の添書を携えて、火急の御用の様子。直ちに目通り致したが、まずは御持参の書状を拝見仕ろう」

龍三郎が小腰を屈めて膝行し、恭しく懐中より封書を取り出して、右手一本で差し出した。

「この書状は、斉泰公御自らへ、御老中水野忠成様よりの書状に御座いまする」

被せるように、多田光右衛門が進み出て、同じく懐中から封書を取り出し、両手を添えて差し出し、厳かに云った。

「これは溶姫様へ、御母堂お美代の方様からの書状に御座います」

側用人が前へ進み出て、龍三郎と光右衛門から片膝突いて、それぞれの封書を受け取り、斉泰と溶姫に奉った。

読み進むうち、二人の表情は同じように眉がひそめられ、目は細められて、思慮深い思いに沈んで行くのが手に取るように察せられた。

読み終わった二人はそれぞれの書状を交換し、深く読み耽っている。

広間には静寂の気が流れ、居並ぶ者は皆、息を詰めて、藩主とその奥方を注視した。やがて、深い吐息と共に、書状を膝の上に落とした斉泰が、

「その方らも、この書状の内容は存じておるのか」

と問うた。龍三郎が答えた。

「はっ、読みは致してはおりませぬが、江戸を発つ前に御老中より、いささかの内容はお聞き致しております。天下を揺るがす一大事になるやも知れぬと……」

光右衛門が、膝をにじり進めて言上した。

「それがしは、若年寄永井尚佐様および溶姫様御母堂お美代の方様からの直々の拝命により参上仕り申しました。何卒、意をお酌み遊ばされまして、犬千代君、それがしどもと共に御同道、御出府頂きたく伏して御願い申し上げまする」

龍三郎が、ひと膝、膝行して熱を籠めて反論した。

「犬千代君、未だ八歳の幼い足でこの極寒の旅は、荷が重過ぎまする。それよりも何よりも、上様には既に、御側室お楽の方様、今は落飾なされた光琳院様との

間にお生まれになられた敏次郎君という御継嗣が決定されていらっしゃるとか……溶姫様のご子息犬千代君は上様にとってお孫様に当たります。その上、このように加賀藩前田家に嫁がれてお血筋が遠くなっており、御母堂お美代の方様の、御自分の孫を次期将軍継嗣にとの願いはいささかご無理かと存じまする。されば、無理にもごり押し致しましては、天下を揺るがす大騒動となり、再び、平穏のこの世が二つに割れて戦乱の時代に逆戻りするやも知れませぬ。脅す訳では御座いませぬが、前田家御取り潰しなどという由々しき大事になるやも知れませぬ。御熟考のほどを……」

龍三郎の心からの真摯な忠言であった。

城主、斉泰の心が動いたか、

「相分かった。奥、わしもそう思う。犬千代は、わしの跡を継いで、この前田家十三代当主として、此処加賀国を治めて欲しいものだ。そちは如何かな」

「はい、わたくしもその様に……我が母ながら、このように末恐ろしい願いには賛同出来ませぬ。……多田殿、此度は遠い江戸より大儀であった。御苦労であったなぁ……。申し訳ないが、戻って母にそのように伝えてくだされ。わたくしは今、この加賀国で幸せに過ごしておりますと、これ以上の望みはありませぬと……」

藩主斉泰が、敢然と決断を下した口調で言い放った。

「結城殿、多田殿、この遠国までご苦労であった。奥とわしの決意は変わらぬ。江戸に戻ってよしなにお伝言くだされ。大儀で御座った」

龍三郎、多田光右衛門共に、それぞれの想いを胸に抱いて、名城金沢城を辞去した。

三

――石川門を渡った橋の袂に多田光右衛門、野尻八郎兵衛、古坂孫市の三人が待っていた。粉雪の舞う中で、ひっそりと傘を差し高足駄を履いている。待ち構えた武士の一人、古坂が静かに云った。

「東照権現尾崎神社まで御足労願いたい」

それ以上の言葉は要らなかった。

無言の奇妙な一団が歩む。裃袴姿の武士が四人、従う若党二人。

――やがて、小高い丘の上に在る東照権現尾崎神社の鳥居を潜る。

天照大神、東照権現家康公、加賀藩三代藩主前田利常公が祀られた由緒正しき神社である。

朱塗りの社殿には家康公の三つ葉葵紋が散りばめられ、〈金沢城の江戸〉〈北陸の日光〉と呼ばれ崇められている。御庭番黒鍬衆が家康公にお召し抱えになり今日まで御庭番として重用されたという恩義、忠義を貫き通した証として、この場にて雌雄を決する決意なのだろう。

龍三郎は、御庭番組頭としての多田光右衛門が配下十名を斃され、此度の指令を成し遂げられなかった責を負い、もはや己の命を賭して決着を付けねば、武士の一分が立たぬのであろう、と慮った。

雪が薄く積もった社殿を背に振り返った光右衛門が、静かに傘を折り畳み、下駄を脱ぎ、云った。

「結城殿、貴公には何の遺恨も御座らぬが、否、強いて申さば、これまでそれがしの配下幾十人が貴公の刃に斃されたが、それは未だ我等の剣技が未熟なればこそ致し方無き事、意趣も遺恨も御座らぬ。されど、この成り行きに至っては、武士としてお互い剣を取って決着を付けねば収まりが付き申さぬ。ついては、もしそれがしが武運拙く敗れた場合には、この配下二人は御見逃し頂きたくお願い致す。まだ江戸に立ち戻り、報告せねばならぬ務めが残っており申すゆえ」

「それは当方とて同様、こちらに控える中間二人もご容赦のほどを。いざ」

同じく傘を捨て、高足駄を後ろに脱ぎ捨て、足袋裸足一枚、足場を固めて、裃の右肩衣を跳ね上げ、柄に手を掛けた。

光右衛門は裃の両肩衣を跳ね上げ帯に挟んだ。龍三郎にはそれが、切腹の作法にも見えた。

光右衛門は右足を前に、腰を割り、静かに左手で鞘を握り鯉口を切り、穏やかに口を開いた。

「それがし、無双神伝流を少々……御貴殿は、何流を？」

「おう、居合で御座るか……それがしは神道無念流を少々」

「いざ、参ろう」

これまで龍三郎は、幾度となく悪と対決し、これを斬ってきた。止むを得ず一人の悪を殺して万人を生かす為だ。これを活人剣という。今日のこの果たし合いは、今までの悪との対決とは違う。武士として、互いに引くに引けぬ意気地、矜持、大義の為の立ち合いなのだ。

龍三郎は既に鎺から五分鯉口を切った胴田貫をスラリと抜いて、右手一本の地摺り下段——隙だらけ、あるいは、自然体、——如何視るか？

龍三郎の活人剣は、殺人刀とは違う。立ち合いの場に於ける座取り、すなわち、己の身を置く位置のことだ。それを〈水月〉という。

水に映った月の影——斬り掛かっても決して水に映った月は斬れない。

つまり、斬り掛かられても決して斬られない処に身を置く。是極一刀を最も重視する。究極の一刀は、刀を振るうことではなく、相手の働きを見極めることなのだ。敵の機を見るのを第一刀と心得、その機を見て打ち掛ける太刀を第二刀と心得よ、という教えだ。

今、間合いは一間——お互い一歩踏み込めば刀は届く。

互いの呼吸を計る——吐く息、吸う息が抜き打ちの機を窺う。

機が熟したのが互いに見て取れた。

抜いたッ——光右衛門、必殺の抜き打ち一閃。

龍三郎は下段からの秘剣、龍飛の剣——わずかに擦り上げが遅れた。

否、光右衛門の刀刃の閃きの方が一刹那速かったのだ。

龍三郎の裃の左肩衣が切られてだらりと垂れ下がった。

光右衛門の左鬢の毛がパラパラと数本、否、数十本、切れ散った。

刃長の差か？　胴田貫二尺二寸。光右衛門の大刀は三尺の長尺と読んだ。光右衛門は既に剣先を鞘に入れ、ゆっくりと納刀している。次の抜き打ちに備えているのだ。

無双神伝流――正座からの抜き打ち、袈裟斬りの一太刀の精神に則った初太刀の鋭さは薩摩示現流にも通じる。

しかし今は、正座ではない。立ち居合だ。

またもや、互いに睨み合い、抜き打ちの機を計る。

ひと呼吸……、ふた呼吸……。

龍三郎は、剣を取って危機に身を晒す瞬間を秘かに楽しんでもいた。

生死を賭けた達人との真剣勝負に、一瞬の明暗を託す緊張感の心地良さを知っていた。

生死を分ける刹那に身を投げ出す覚悟が出来ているや否や……幾十度の命の遣り取りの中で摑んだ、武士道と云は、死ぬ事と見付けたり、の境地に到達していた。

柄を握った光右衛門の拳の関節が一瞬白く変わった。抜き打ち一閃の横薙ぎ、左膝を地に突き、右膝立て、正座からの抜き打ちと同じ型になる。

龍三郎の剣は、刃先を上に返して下段から斜め上段に斬り上げた。

先刻よりわずかに鋭い踏み込み――ザクッ！

光右衛門の左脇腹から右脇下を斬り裂いた。

残心――！

光右衛門の左肋骨に入った切っ先五寸は右胸骨を断ち割り、心の臓まで斬り抜けた。鮮血が迸り、まず右膝がガクッと地に折れ、お見事、と呟いたかどうか……そう聴こえた。

躰がゆっくり傾き、薄く積もった雪の上に倒れ伏した。じわじわと鮮血が真っ白の雪を染めて広がって行く。

――見事な武士の最期であった。

溜めていた息をほっと吐き、残心の構えを解き、見守る二人の黒鍬の部下に眼を遣った。二人は目を伏せ黙礼した。龍三郎も礼を返し、固唾を呑み、手に汗握って見守る伊之助、弥吉を振り返って云った。

「終わったな、さぁ、お江戸へ帰ろうか」

弥吉が駆け寄り、いつもの如く血に塗れた胴田貫をなめし皮できれいに拭ってくれる。まず、武士の魂、なのだ。

振り返れば眼下に、雪に覆われた金沢の城下町が拡がり、どんよりと沈んでいるにも拘らず眩しいばかりだ。

眺めながら伊之助が呟いた。万感の思いが詰まっていた。

「おゆきさん、屹度、幸せになるんだぜ」

社殿の下で、挟箱を開け、それぞれ厚手の旅拵えの旅装を整え、江戸への帰途の一歩を踏み出した。往きに比したら、還りなど楽なものだ。

――龍三郎にしてみれば、将軍継嗣問題など、遠い遠い我関せぬ事案であったが、今回どっぷりと首まで浸かって関わった紛争も、これで幕引きという事態に落ち着くだろう。ほっと胸を撫で下ろした。雪道を歩く足も軽く感じる江戸への帰途の旅であった。

此度の江戸から加賀国への旅は、今までの押し込み強盗や凶賊を探索し追っての斬り捨てる目的ではなかった。刃を交えた相手も凶賊ではなかった。何の遺恨も憎しみもない相手であった。だが、斬り合わねばならぬ。

ただただ、御公儀からの上意下達の命には従わねばならぬ、逆らう事の敵わぬ世に生きている限りは、武士の宿命として敢然と受け入れねばならぬのだ。それが、武士だ、侍だ！

龍三郎は今、その真っ只中に生きていた。

亡き父の遺言、正義を生きていた——。

暗鬱（あんうつ）な鈍色（にび）の重く垂れ込めた雲間から、冬の陽（ひ）が一条矢のように射した。

忽（たちま）ち、刷毛（はけ）で刷（は）いたように黒い雲が去り、真っ青な澄んだ色に変わって、白雲が湧いて来た。

その白い雲の形は、どこかお藤の顔、姿を彷彿（ほうふつ）させた。

寒く冷たい過酷な帰途の旅であろうが、気分は明るく軽かった。

直（じ）きに、「お藤、今帰ったぜ」、と驚かせ、嬉し泣きの顔で飛び付いて来る姿を思い描き、心も顔も和（なご）むのを感じつつ、北国加賀を後にした。

真っ白の雪を頂いた立山（たてやま）連峰が輝いていた。

あとがき

遂に、〈斬り捨て御免　隠密同心・結城龍三郎〉がドラマ化されそうです。

今年開局記念を迎える某テレビ局が、目玉企画として、私のこの小説を原作に、二時間スペシャルドラマを製作しようとの決定がなされたようです。夏頃の撮影、十月頃の放映、その後は、二次使用でＤＶＤを製作して販売するとか――。一方、映画化の話も持ち上がっております。

これは、今年（平成三十一年）正月映画として全国公開された、浅田次郎先生原作の『輪違屋糸里』を企画製作した花房東洋氏が、私の原作に惚れ込んでくださり、「一緒に花火を打ち上げよう」と、乗り出してくれた企画です。

私は、原作のみならず、テレビ・映画用脚本も依頼され、執筆完了致しました。

小説と脚本は全く別物です。

小説では、登場人物の性格、心理描写、周囲の情景、暑さ・寒さ・時刻など、事細かに書き込まなければなりません。しかし、映画・テレビなどの映像では、ワンカットで活写可能です。この辺の違いが小説と映像との全く違うところです。

尊敬する黒澤明監督の自伝『蝦蟇の油――自伝のようなもの』（岩波現代文庫刊）を読んだとき、中で、助監督連中に、二行の文章で、堪らぬ暑さを、凍える寒さを書きなさい、と宿題を出したそうです。ギラギラ照り付ける太陽なのか、額から流れる汗なのか、汗で濡れるシャツなのか、一方、寒さは雪・つらら・落ち葉を揺らす寒風なのか、吐く息の白さか……簡略に書く文章は言葉を択び、さまざまな表現方法があります。またそれをカメラで撮影しなければなりません。リアルさを追求したら、限りがありません。

元々、私の小説は、読者の皆様から、読んでいるときから、映像が浮かび上がって来ると、ご批評頂いておりました。それはもう半世紀以上撮影現場で役者として演じてきた賜物と思っておりますが、やはり、読む方それぞれ想い描く人物・情景は違うものです。

　さて、主役の龍三郎は誰が良いだろう？　お藤は誰？　伊之助は？　読者の方々は勝手に思い思いの俳優のイメージを想い描きながら読み進みます。それこそ千差万別……勝手に想像するわけですから強制は出来ません。

　果たして想い描く俳優が起用されるか？「お楽しみに」と云ったところですが……私も、元々、〝ひとすじ〟に続けた役者稼業ですから、出演しない訳には参りません。

　居酒屋亭主〈樽平〉あたりで、ご機嫌を伺おうかな？　と思っております。原作・脚本・出演と欲張り過ぎですか？　かのアルフレッド・ヒッチコックも自分の映画作品には必ずワンカット出演しておりました。役者が本業の私としては、ワンカットくらいでは役不足です。チョイ三枚目の飲み屋の樽平爺っつぁんを他の出演者に負けないよう思い切り演じてみようと楽しみながら脚本を執筆しました。

　お奉行の榊原忠之は、榎木孝明さんが、自ら「僕に演らせて」と立候補して頂き、吉原はじめ関八州の闇の総元締めは品川隆二さんが、中間の作蔵は大村崑さんが！

主演クラスの俳優は東京で決め、あと他の役柄はオーディションを開催し、関西在住の俳優たちを中心に起用されると思います。

京都に「銀幕維新の会」という映画を愛する俳優・スタッフが参集した同好団体が活動していて、第一弾の『輪違屋糸里』同様「映画復興の狼煙をぶち上げよう！」という、これが第二弾の企画なのです！

「斬り捨て御免」は殺陣の凄まじさが売り物の一つですから、濱龍也監督も大乗り気で、首が飛んだり、真向唐竹割で躰が二つに割れるカットなどはＣＧに頼らざるを得ないが、胴斬り真っ二つは、切り離された上半身の方にカメラを振って撮れば、下を映さず処理出来そうとか、もう既に迫力ある画面を創ろうとの構想が湧いてくるそうです。夢は広がります。

完成したら是非、小説とドラマと見比べてください。以前、どこかの宣伝文句にありましたが「観てから読むか、読んでから観るか」……勿論、読むのが先です！

小説「斬り捨て御免」シリーズも、昨年六月の初出版から早や三作目の出版です。どうも、私の小説の背景はどんどんスケールが大きくなっていくようです。扱うテーマ、状況が益々大きくなって行ってしまうのです。

書くネタが無くなってしまいそうです。でも、まだまだ四作、五作と続くことでしょう。ご期待に応えるべく書き続けます。次をお待ちください！

平成三十一年初春の候

工藤堅太郎

一〇〇字書評

切り取り線

購買動機（新聞、雑誌名を記入するか、あるいは○をつけてください）

□（　　　　　　　　　　　　　）の広告を見て
□（　　　　　　　　　　　　　）の書評を見て
□ 知人のすすめで　　　　□ タイトルに惹かれて
□ カバーが良かったから　□ 内容が面白そうだから
□ 好きな作家だから　　　□ 好きな分野の本だから

・最近、最も感銘を受けた作品名をお書き下さい

・あなたのお好きな作家名をお書き下さい

・その他、ご要望がありましたらお書き下さい

住所	〒				
氏名		職業		年齢	
Eメール	※携帯には配信できません		新刊情報等のメール配信を 希望する・しない		

この本の感想を、編集部までお寄せいただけたらありがたく存じます。今後の企画の参考にさせていただきます。Eメールでも結構です。

いただいた「一〇〇字書評」は、新聞・雑誌等に紹介させていただくことがあります。その場合はお礼として特製図書カードを差し上げます。

前ページの原稿用紙に書評をお書きの上、切り取り、左記までお送り下さい。宛先の住所は不要です。

なお、ご記入いただいたお名前、ご住所等は、書評紹介の事前了解、謝礼のお届けのためだけに利用し、そのほかの目的のために利用することはありません。

〒一〇一-八七〇一
祥伝社文庫編集長　坂口芳和
電話　〇三（三二六五）二〇八〇

祥伝社ホームページの「ブックレビュー」からも、書き込めます。
http://www.shodensha.co.jp/
bookreview/

祥伝社文庫

修羅の如く 斬り捨て御免③

平成31年2月20日　初版第1刷発行

著　者　工藤堅太郎

発行者　辻　浩明

発行所　祥伝社

東京都千代田区神田神保町3-3
〒101-8701
電話　03（3265）2081（販売部）
電話　03（3265）2080（編集部）
電話　03（3265）3622（業務部）
http://www.shodensha.co.jp/

印刷所　堀内印刷
製本所　ナショナル製本
カバーフォーマットデザイン　中原達治

Printed in Japan ©2019, Kentaro Kudo　ISBN978-4-396-34497-9 C0193